蕭蕭　禪詩選

〔目錄〕

頑石——7
讓水繼續流 之一——8
悲涼——9
與王維論禪——10
飲之太和 第一首——12
飲之太和 第二首——14
秋天的心情 第四首——15
秋天的心情 第六首——16
觀音觀自在——17
巨石與青苔 之一——19
白雲——20
燭燄與花朵——21
老僧——22
悟非悟——23
心即心——26
河邊那棵樹 選八首——30
我心中那頭牛啊！ 甲篇選六——36
雪的去向——44
月在窗口——45
傷逝——46
不捨——47
白雲在心——48
唯一與永遠——50
空的天空——51
專寵——52
水戲 之十六——53
雲邊書——陽明山國家公園所見所思——54
鏡子兩面——63
到你夢裏棲息——65
浮動暗香——66

看水開花——67
與眾生相隨——68
澹泊天外——69
橫斜疏影——70
無涯——71
連綿——72
晨露兩滴 之（A）——73
石頭兩粒 之（A）——74
白雲雙飛 之（A）——75
寂寞三三兩兩 之（A）——76
陽關三疊 之一——77
飛天三式 之一——78
錯置三境界——80
寂寞——82
不捨啊！——83
欣喜——84

致佛陀——85
無去處——86
瀑布留白——87
雪之白——88
風的憂鬱——89
風霜無聲——90
枯葉飄落時——91
海的徒然——92
通過——93
葉底的太陽——94
花香一息——95
花香二息——96
花香三息——97
花香四息——98
任雲飄飛——99
石頭小子 其九——100

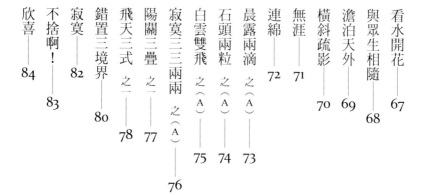

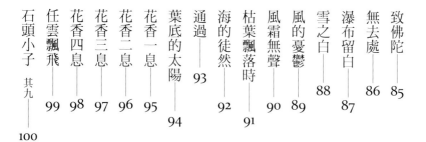

石頭小子　其十二——101
茶韻　連作——102
月色是茶的前身——105
悟——107
南靖雲水謠——108
隨阿利老師雲水謠品茶——110
老榕與老牛——雲水謠所見——112
長教人　生死相許——114
凍頂烏龍——117
一葉茶——119
行腳僧的牽掛——121
我是一隻小鳥——123
分際——讀鄭愁予詩〈偈〉有感——124
蟬聲外——126
一切只是月色銀白——127
鼓與鼓之聲——129
無與無之聲——133
初冬心境　（一）——135
懸浮的微塵——136
〔推薦文〕一
湛然月色明　讀《月白風清：蕭蕭禪詩選》有感／羅文玲——138
〔推薦文〕二
蕭蕭現代禪詩中的禪趣析論／陳政彥——168

頑石

依然

依然流著欲碧猶紅的血
依然任風任雨任水襲擊
依然走進火中，穿過火

依然不向誰，只向你
點頭

——《悲涼》（爾雅，一九八二），頁四十九

讓水繼續流　之一

即使夕陽無語
餘暉仍從天際隱沒

即使坐在屋後不說什麼
眼睛仍從晚報中游走
游不走發抖的手，留下心事
留下看不見的水流
讓水繼續流

——《悲涼》（爾雅，一九八二），頁六十七

悲涼

坐在風中
我逐漸醞釀一股悲涼，悲涼的
情緒

山色水聲，悄然引退
原野和風一起
消失

我垂下眼簾
讓淚含容所有的吶喊
無聲，滴落

——《悲涼》（爾雅，一九八二），頁七十

與王維論禪

我們垂著長眉對坐，松林裏
只有清泉細細
裊裊，灰白的髮絲迎風披散
一本輞川集尚未翻開
三兩片花瓣先已順著衣襟
飄落
我，正待開口

想起上次論辯的內容，細細
裊裊，不外乎眼前焚出的一縷清香
還煩勞明月佇足

相候

我，如何開口？

——《悲涼》（爾雅，一九八二），頁八十五－八十六

飲之太和　第一首

所有的傷口隨著我
坐下來
草隨著風
坐下來，並且向四周
翻滾而去，直到冥冥漠漠
那一線
天，坐下來
以最靜的一片藍舔著我的傷口

雲
轟然湧現

雲
寂然
而逝

——《悲涼》（爾雅，一九八二），頁九十三－九十四

飲之太和　第二首

林葉微微一動
可以聽得見習習
息息的聲音
可以聽得見，偶然
遠處，三兩聲吆喝

沒有鳥飛出

——《悲涼》（爾雅，一九八二），頁九十五

秋天的心情　第四首

任誰都可以叫花開，叫草綠
平伸的胳臂
可以招引群鴉日日喧鬧
而我已不堪霜意

不堪漫天漫天的霜意
即使咳嗽
頂多，只有喉嚨知道
只有沙洲一叢蘆花

——《悲涼》（爾雅，一九八二），頁一〇八

秋天的心情　第六首

猛然
抬頭，黃昏的蒼茫
一下子就將多孔的心房輾成一片
空白
空白無限，似乎正好噬盡天下
蒼生
回首，哪有萬物身影？
蒼茫暮色逐漸填滿我心中的空白

——《悲涼》（爾雅，一九八二），頁一一〇

觀音觀自在

那就一句話也不要
說

我們和山一齊坐下來
分坐河的兩岸
讓雨直直落在心裏
——如果有風
　也不妨斜斜的落
我們都能想像
雪融的樣子

雪融的時候
什麼話也不必說

——《悲涼》（爾雅，一九八二），頁一五〇—一五一

巨石與青苔　之一

我只是隨意蹲著
一蹲三千年
任風任雨
任砂土剝蝕添增
所增所損也不過是幾絲幾縷
青苔的茂綠

——《悲涼》（爾雅，一九八二），頁一六〇

白雲

我隔著鋁窗望白雲　注視著
白　幻想著
雲

白雲忘了自己就是白雲
可以來　可以去
可以不來不去

——《毫末天地》（漢光，一九八九），頁一七

燭燄與花朵

請輕一點聲息
燭燄才剛剛亮了一室溫馨

請慢一點嘆息
心情才剛剛學會不讓花朵擊暈

——《毫末天地》（漢光，一九八九），頁二十

老僧

雲來，住在我茅屋裏
她說，她不走了
不走，就留下嘛
她說，她想住進我心房裏
要住，就住進來嘛
她說，她要走了
要走，就請便嘛
我只不過是另一種類型，的雲而已

——《毫末天地》（漢光，一九八九），頁七十九

悟非悟

目送落花成泥而春雨入溪
嶺頭上再沒有
盪人心胸的　花枝

蟋蟀細細地叫著

花香穿過葉叢
在八荒九垓三心兩意間梭送
隨時驚醒
岫之外
無臟無腑無氣無絲也無心肺
那朵雲

蜷蜂閒閒地看著
聳入天際的杉木
黑深黑深的某一個枝枒分叉處
突然一聲
一聲鷓鴣鳴

蜷蜂靜靜地嗅著

天要開未開
山似空未空
松子欲落而未落
我的髮將白而未白
你的弦已幽幽而未悠悠

蜷蜷微微地，只是笑著

——《緣無緣》（爾雅，一九九六），頁七十四－七十六

心即心

千支萬支帶毒的箭，帶著速度鑽入
一把無名的火燒向無明
在滾燙的岩漿中，我
尋找站起來的膝蓋和姿勢

這時候，你的骨髓在哪裏？

穿越深黑的澗谷
雜草叢生，只向陰冷的風折腰
燐火不確定的聲音
飄向顫顫危危，我的雙腿

這時候，你的視窗開向何處？

頭髮一急而灰白
竟然沒有一顆星願意為暗夜
引路
巨岩迸裂
菩提落葉
河水撞向堤岸

這時候，你的涕唾又拋給了誰？

鳥從兩邊眉毛陸陸續續飛了出去
花香則自三萬六千個毛細孔中
浮昇，散逸，襲——
嗨嗨的叩應聲
陸陸續續叩而後進入
我以飄離地球四又三分之一公分回應

這時候，你的臉色為何轉為藏青？

至於
粉飛的塵煙俗霧
如何再一次現身一個完整的我
可以周流的血脈
可以狂笑的嘴與神經
三種魂，七種魄
四種綱維，八種道德
同時呼同時吸的兩個鼻孔
風中的，我我我我我我其實也無法
構思
半個我在三十三天外，半個
我在七十二層地獄粉飛

這時候啊！
你又如何飄飛？

——這時候
就在我的膝蓋深處
你的骨
這裏呼
那裏應
我的髓
這時候
就在你的飄飛行程
我的山
這裏覆
那裏沒
你的谷
這時候啊！

——《緣無緣》（爾雅，一九九六），頁七十七－八十一

河邊那棵樹

選八首

三

河邊那棵樹
對落葉說：
你可以鏗鏘一聲告別我的昨天
卻不能隨意
飄離我的視線
你可以隨意飄離
我的視線
卻一步也無法邁出我
日日夜夜的思念

五

河邊那棵樹
對微風說：
你來
我才能彎腰把自己看清
可是
水的心境也皺了！

十一

河邊那棵樹
對流水說：
流水啊流水
你去到天之涯

還會記掛山崖上
陪你縱身而落
那聲音？

十三

河邊那棵樹
對月光說：
不論你怎麼鋪，怎麼展
就沒有唐朝的月光平
沒有李白的白
沒有她的心那麼亮
我的　那麼寬闊

十六

河邊那棵樹
對飛鳥說：
為我帶一封信吧！
信裏的一言一語一筆一畫
即使灑落了
也會長成一棵棵
她認識的那個名字

二十二

河邊那棵樹
對滾石說：
久久滾一次

還是滾石
在風中，在水中
都有一些
傷逝的
青苔
增厚　生命的厚度

二十八

河邊那棵樹
對心情說：
風來，你反而等著風停
花開，你又癡等落英
為什麼不趁著風來　起舞
趁著花謝　瀟灑而行？
花香的路曲折得有些讓人心疼

三十五

河邊那棵樹
對腳印說：
你會懷念那雙腳
還是懷恨那重量？
當那雙腳踩下
你驟然成形
也驟然成空
懷念要繫在哪裏？
懷恨又能懷有多久？
幼年總角之交的髮香啊！

——《緣無緣》（爾雅，一九九六），頁八十七－一一九

我心中那頭牛啊！甲篇選六

未牧第一

猙獰頭角恣咆哮，奔走溪山路轉遙。
一片黑雲橫谷口，誰知步步犯佳苗。
（普明禪師）

山崖隱在山嵐深處
（牛隱在哪裏？）
山嵐浪其跡在山路盡頭
（我的心浪其跡在哪條路的盡頭？）
山路環繞山崖
（我心中的牛啊奔闖在什麼樣的山崖？）

蜿蜒
（蜿蜒著莽莽蒼蒼什麼樣的一片黑？）

初調第二

我有芒繩驀鼻穿，一迴奔競痛加鞭。
從來劣性難調制，猶得山童盡力牽。
（普明禪師）

奮力一躍
牧童終於追上那一陣旋風
氣息猶未喘定
心跳還勃勃
繩子絡在牛鼻上
心跳還勃勃
繩子穿過牛的鼻孔

心跳還勃勃
山中一葉綠微微震動
我追上那一陣黑色旋風

受制第三

漸調漸伏息奔馳，渡水穿雲步步隨。
手把芒繩無少緩，牧童終日自忘疲。
（普明禪師）

我心中的那頭牛啊！
隨著一根芒繩
穿過柳蔭穿過這裏的山歌那裏的
喧囂穿過荊棘穿過雲霧千里
穿過
薄薄的喜悅

厚厚的霜啊！
坐在那裏
隨太陽融隨寒氣結凍
凍則凍成芒繩的舉止言動
融也融成芒繩的音容

迴首第四

日久功深始轉頭，癲狂心力漸調柔，
山童未肯全相許，猶把芒繩且繫留。
（普明禪師）

回頭一笑
那一笑還帶著一絲苦與澀
牛的苦與澀
我的苦與澀

石的苦與澀
都繫在一棵柳樹頭
柳樹頭的苦澀
則繫在我心頭
風，笑著，從牛背上撫過

馴伏第五

綠楊蔭下古溪邊，放去收來得自然。
日暮碧雲芳草地，牧童歸去不需牽。
（普明禪師）

綠色的楊柳如棉
楊柳是綠色的棉
柔柔拂起
柔柔的風

風，有一陣沒一陣的笑
無法肯認楊柳與棉的明暗喻
將山童手上的芒繩
也拂動成楊柳一樣的身姿

水，款擺著楊柳一樣的身姿
山唱著水一樣的歌：
綠色的楊柳如棉
棉是楊柳的綠色纏綿

無礙第六

露地安眠意自如，不勞鞭策永無拘。
山童穩坐青松下，一曲昇平樂有餘。
（普明禪師）

岩石自如
水自在
我心中那頭牛啊！
站在林前
穩然就是一棵不寐的古木
站在溪邊
悠悠然又是一顆不醒的巨石
入泥入水
無鞭無索
花叢山曲
隨意來去

山退到很遠很遠的地方
讓雲隨意飄著

雲退到很遠很遠的地方
讓山童的笛音隨意飄著
笛音退到很遠很遠的地方
岩石自如
水自在

——《緣無緣》（爾雅，一九九六），頁一一三－一四〇

雪的去向

白白的雪啊！
滿滿一山
嚴守著一整個無缺憾的冬
厚厚的寒
到底是化為雲的匆匆水的淙淙
還是
振翅的喜悅
夢裏的花叢？

——《雲邊書》（九歌，一九九八），頁三十六－三十七

月在窗口

鋪在地上
那無終無始，無止無盡的
白
是和尚缽底一泓
怡然，無陰無霾
即使擲落兩枚硬幣
也撞不出回音來

月上窗口
霜才剛下心頭

——《雲邊書》（九歌，一九九八），頁三十八－三十九

傷逝

雲飄過去的時候
我的心剛好落下一滴眼淚

天空默默移往
視野之外
不知誰為他塗上全然的黑漆
不知天空淚水落向哪裏？

——《雲邊書》（九歌，一九九八），頁四十九

不捨

沒有任何一次笑聲
留得下來

風吹送著雲，雲在天外
絕裾飄送著曾經，曾經是愛
我緊緊抱住風緊緊抱住

雲在天外

——《雲邊書》（九歌，一九九八），頁五十－五十一

白雲在心

或東
或西
或來
或去
讓風決定絲巾的方向
讓夕陽決定
腮紅的深淺遊戲
你決定我的明天
我決定我不再決定
如白雲在心
或去
或留

或飄

或逸

——《雲邊書》（九歌，一九九八），頁八十一－八十二

唯一與永遠

在繁花盛開與
繁花落盡之間
在春與夜
朝與暮
巧笑與嗔怒
輕羅薄衫，香息微漾
解或不解之際

你一直是我唯一的繁花
即使落盡
你仍然是我永遠的真淳

——《雲邊書》（九歌，一九九八），頁九十五－九十六

空的天空

可以不要花的色與香，畫的美與力
山珍海錯四書五經
可以不要天長地久人團圓
可以不要亞太經濟以我們為中心
世界小異不必大同
可以不要雨不要風
不必春夏秋冬

一根一根佛洛伊德
支撐我們的天空

——《雲邊書》（九歌，一九九八），頁九十九–一〇〇

專寵

地球，不停地轉動
大海，不停地鼓盪
四季，不停地變換
雲彩，不停地飄遊
溪水，不停地奔流
　我最柔軟的心土
容許你不停地蹂躪

——《雲邊書》（九歌，一九九八），頁一一〇－一一一

水戲　之十六

你可以問我
尼采先死還是上帝
上了天堂以後還能上哪裏？
你也可以問我
燃燒的火焰中會有多少水意？
只是我無法回答
那一線下來的珍珠淚水
是幾世無奈的情愛
蒸餾而來？

——《雲邊書》（九歌，一九九八），頁一五〇—一五一

雲邊書——陽明山國家公園所見所思

一、繚繞之情

漫天的疑雲從箭竹、樹叢、地心
生前死後
轟轟然來到眼前
轟轟然散入不同的歷史方塊間
牽引著金山魚群
翻山越嶺，沒入雲霧、人腹
北投的牛隻解下軛頭
自造沼澤悠遊
牽引著日本的馬和炮
在急轉的山坳突然消失蹤影

去年堅挺的愛情
今夏煙水裏水氣煙嵐一樣飄緲
從地心
生前死後，寂寂然
從樹叢
從箭竹，湧泉泉湧
那疑雲漫天而臨罩面而來
恩容
　怨貌
情姿
　仇態
翻滾了多少個世代
洶湧著多少個五丈的浪潮，繚繞
繚繞
是衍生，還是延續？
是演變，還是沿襲？

兀然不動三十年五百年數千年
是山，是硫
還是偷偷那一聲喘息？

二、巍峨之思

不射的箭竹直指天心人心永遠的巍峨
　雲在其上，人在其側
　山嵐似有若無
似有若無是拭汗的巾紙
　人與雲，匆匆的過客
深情菅芒深扎岩土深秋最後的抉擇

三、邈遠之心

在覺與迷迷與思思與悟……

我褪除所有的棉麻顏彩表情姿勢等你

等你卸下一切的嗔怨喜樂高潮低迷等

我等我以沉思的速度霧的腳步輕渺向

你你以霧的速度沉思的腳步輕渺
在岸與彼岸彼岸與無岸無岸與無……

四、清冷之神

天地之間唯留下清冷之神出神

我是一棵古松
清冷
出神
無所不在的
空氣
山靈　清冷
出神
蟲鳴　清冷
鳥吟　出神
曾經指山為盟
以海為誓　清冷
出神

微微的機智
微微的一朵笑
微微的清冷
即使是不發一語的路邊垃圾袋塑膠繩
　也微微出神
這時，天外何來一聲獅吼，迴盪胸口

——《雲邊書》（九歌，一九九八），頁一七七－一八七

鏡子兩面

鏡子（A）

發現對面是一片空　白
無物可照
那晚，鏡子開始懷疑
我，曾經存在嗎？
那些曾經在我心上喜心上怒的
如今又在哪一面鏡子的外面哀樂？

鏡子（B）

照看外面空無一物

無晴，無雨
無男，無女
無聲，無色
無情，無義

鏡子坦開胸腹手腳，睡了一個大覺

——《皈依風皈依松》（文史哲，二〇〇〇），頁四十四

到你夢裏棲息

山那麼高，天那麼遠
樹葉那麼纖細而濃密
我怎能不泛著小舟
從淼淼的水裏到你的夢裏
棲息？

——《皈依風皈依松》（文史哲，二〇〇〇），頁四十四

浮動暗香

只是一陣暗香　浮動
讓愛有了寄託
讓情有了追索的線索
那遠遠的月，昏昏黃黃
彷彿也在訴說遠古的傳說，暗香浮動

——《皈依風皈依松》（文史哲，二〇〇〇），頁五十九

看水開花

水自在地流，流得長久
花自在地開，開得豐盈潔白
流，流向哪裏？
開，開成什麼顏色？
一個過客，問也不問，看水開花

——《皈依風皈依松》（文史哲，二〇〇〇），頁六十一

與眾生相隨

風來水動
我任自己俯仰隨風
隨水，隨水隨風
生命在風與水之間，俯與仰之間
堅持：與眾生相隨

——《皈依風皈依松》（文史哲，二〇〇〇），頁六十七

澹泊天外

水潺潺是水與石相對談
風蕭蕭是風與松的聲籟在對焦
一切都澹了泊了
雲也淡了薄了
把世界推向很遠很遠，天之外，心之外

——《皈依風皈依松》（文史哲，二〇〇〇），頁六十九

橫斜疏影

疏影橫斜，我們相約
延續前世那濃濃蜜蜜的情果
如今，雲可淡，風能輕
可是，哪裏有疏影橫斜的窗口
讓我橫斜疏影？

——《皈依風皈依松》（文史哲，二〇〇〇），頁八十

無涯

三十三天外，一朵雲
面對無涯時
我正背對著寂寞
當我轉身面對無涯
三十三天外那朵雲向著我的寂寞
赫！
飛奔而來

——《皈依風皈依松》（文史哲，二〇〇〇），頁九十八

連綿

在雲的心中發現雲，又在雲的心中
發現
雲，的心中也有一片雲
海，的心中還有一片海

莫回頭，莫回頭
天，的心中更有一片天

——《皈依風皈依松》（文史哲，二〇〇〇），頁一〇〇

晨露兩滴

之（A）

一滴晨露三萬六千面，面面攝入太陽
面面亮著太陽的光閃
太陽攝走三萬六千顆晨露
依然缺乏晨露獨具之潤澤

我給你鏡子
你還我白色髮絲

——《凝神》（文史哲，二〇〇〇），頁七十

石頭兩粒　之（A）

請不要試圖在我的心中找尋
你心中的那顆石頭

風，東南來不一定西北去
月亮不一定不是
那顆會撞人心坎的飛石

——《凝神》（文史哲，二〇〇〇），頁七十八

白雲雙飛 之（A）

情人節到了
送你一束白雲
可以當桌布
可以當圍巾
最好是懸在無人能到的心中
隨風隨時飄出視線之外
而亦無可如何

——《凝神》（文史哲，二〇〇〇），頁八十

寂寞三三兩兩 之（A）

如果石頭是在等待蒼苔
那不經意的一聲
嗨
又是向哪一個雲天
證明存在？

——《凝神》（文史哲，二〇〇〇），頁八十二

陽關三疊　之一

陽關是異鄉人餐焚風飲冰露
咬牙忍住　的　一滴　淚
留在沙漠腮邊
不開，不謝

——《凝神》（文史哲，二〇〇〇），頁九十二

飛天三式　之一

天心裊娜柔軟
柔軟得無邊無際無涯無岸
還碩大無匹
一個草寫的
飛舞的
曼妙的
無。捨了地球引力如捨了情／意
捨了山河如捨了五色五聲
而無聲無色
而亦無涯無岸
裊娜如一朵無心的雲

雲而無心
所以我才裊裊飛入栩栩的天心

——《凝神》（文史哲，二〇〇〇），頁九十六—九十七

錯置三境界

一

一支瘦瘦小小的你站在懸崖邊
你說：如果我是那風
世界就遼闊了

二

投崖而去的你斜向北西北
風說：如果我是那雲
世界就溫暖多了

三

飄零而下的你散成無盡的花香
雲說：如果我是那泥
世界就微笑起來了

——《凝神》（文史哲，二〇〇〇），頁一三二

寂寞

揀盡寒枝不肯棲
東坡詞
仍然在卷軸裏，冷

——《後更年期的白色憂傷》（唐山，二〇〇七），頁十五

不捨啊！

聽見和尚芒鞋
踩碎露珠
太陽的光越來越強

——《後更年期的白色憂傷》（唐山，二〇〇七），頁十八

欣喜

黑泥暗土裏
爆出一蕊白色嫩芽
笑，有了聲音

——《後更年期的白色憂傷》（唐山，二〇〇七），頁二十九

致佛陀

有的佛住在宮殿的輝煌裏
有的住在草庵中

你，落腳哪裏？

——《後更年期的白色憂傷》（唐山，二〇〇七），頁三十三

無去處

快樂在花香散開的時候散開
憂傷在花瓣落下時落下
雲不深，卻也不知雲的去處

——《後更年期的白色憂傷》（唐山，二〇〇七），頁三十四

瀑布留白

水從高處縱落
自己歡呼
月光則山南山北鋪了一地　白

——《後更年期的白色憂傷》（唐山，二〇〇七），頁三十七

雪之白

唯一可以降伏
所有顏色為一白的
雪，在暗夜裏慌黑

——《後更年期的白色憂傷》（唐山，二〇〇七），頁七十六

風的憂鬱

總是在夾縫中生存間隙裏穿行
譬如大霸尖山與一〇一之間那細細的　縫
風看見自己透明的憂鬱

——《後更年期的白色憂傷》（唐山，二〇〇七），頁八一

風霜無聲

我寫下的每一個字
都有風霜的聲音

只要聆聽，風霜也珍惜沉默是金

——《後更年期的白色憂傷》（唐山，二〇〇七），頁八十五

枯葉飄落時

葉子落下時
他自己以為承擔了世界的體重

雲隨風湧動
風隨地球旋生
我隨著你嘻鬧或哭鬧
枯葉飄零，不無可能
世界失去了他應有的平衡

——《草葉隨意書》（萬卷樓，二〇〇八），頁三十一

海的徒然

天　寫了一個好大的空
然後為自己也為大家放了長假
海不停地以咄咄怪聲
證明空是一種實存
我坐在夕陽下
不對這些提供任何諮詢

——《草葉隨意書》（萬卷樓，二〇〇八），頁五十九

通過

通過書的心臟
我發現天空
而雲悠遊在其中

通過草葉
枯萎發現了我
而詩，成為另一顆星球

——《草葉隨意書》（萬卷樓，二〇〇八），頁八十

葉底的太陽

如果太陽躲在草葉底下
露珠會永遠晶瑩而飽滿嗎？
草葉下真的藏一顆太陽
花生要滾落到碟子的那個角落
還能保持香氣？
害羞的月亮要塗上哪五種白
還能是你心底的磊落？

——《草葉隨意書》（萬卷樓，二〇〇八），頁一〇二

花香一息

花散發香氣的時候
我剛剛離開老子這本書
所以你不必向枝枒探問鳥聲
鳥聲從不追逐白雲

——《情無限・思無邪》（秀威，二〇一一），頁一二五

花香二息

蝴蝶飛起來
不一定是被花香所驚醒
所以你可以敲敲石頭
多睡無益身心

——《情無限・思無邪》（秀威，二〇一一），頁一二六

花香三息

俯身向流水請安
那是花瓣世世相襲的教養

所以香息淡淡
天空是無辜的

——《情無限・思無邪》（秀威，二〇一一），頁一二七

花香四息

累積了山的穩實樹的濃蔭
而後，鳥振了振雙翼

所以花從這時香起
至於顏色的層次那是悟與不悟的問題

——《情無限・思無邪》（秀威，二〇一一），頁一二八

任雲飄飛

牛尾驅趕不了蚊蠅
左側右側，揮了又揮

藍天則不動用拂塵
任雲飄飛

——《情無限·思無邪》（秀威，二〇一一），頁一四一

石頭小子　其九

樹有枝
所以可以向天空伸懶腰

我連無聊的鬚根都沒有
只好把雲當作心事
放在空中飛

——《情無限・思無邪》（秀威，二〇一一），頁一五二

石頭小子　其十二

雨停。

唯一能撞擊我的
只剩
遠方的鐘聲了！

——《情無限・思無邪》（秀威，二〇一一），頁一五五

茶韻

連作

焰火與茶香
你總是趁著焰火竄起的那一剎那
問說未來的行程
我放下溫熱的瓷杯
讓茶香從指尖消瘦

茶香與心事
指著尚未散盡的水漬
我笑了一笑

最不堪的心事
也有香蕉皮出現小黑斑的香氣

心事與杯蓋

就晾在一邊吧
像一件還滴著水分子的汗衫
它不會是焦點
能蓋住的總比飄逸的單純許多

杯蓋與空杯

我還是喜歡空杯裏的淡香
些許或者薄弱
都隱藏一絲絲哲理
而且，陽光在旁從不過問

空杯與杯

是文本與腳注之間的關係
或是門神與春聯？
空杯張大著嘴
不笑，不許人家笑

空杯與空

我的心空下來了
所以我的手也空下來了
茶杯空了
所以，天也空了

——《雲水依依》（釀出版，二〇一二），頁三十四－三十六

月色是茶的前身

前世欠你一片溶溶月色
我還你一路樹蔭
一路朗朗而過的笑

六六大順的夜晚
你又來夢裏鋪滿銀白
下輩子我會是自在的流雲
只負責逗引你抬頭開心

或許欠的是一陣花的芬芳
今生化成鍵盤鍵
陪你數算寂寥的清夜

此刻，你又以茶香
溫潤我　糾結的喉口
下輩子還是回復為竹海的風吧！
可以翻閱你身上的綠葉

——《雲水依依》（釀出版，二〇一二），頁三十八－三十九

悟

極熱的火與極靜的綠
極軟的水與極躁的葉
極土的瓷與極柔的唇
極慈的你與極悲的心
極閒的茶與極滾的湯
極動的塵與極清的我
極山的昔與極風的今
極堅的金與極盛的焰
極滑的舌與極澀的甘

——你我在草木間溫存

——《雲水依依》（釀出版，二〇一二），頁六十—六一

南靖雲水謠

風　無意說法
從高處的雲端飄近水湄
又飄向遠方
遠方　無心說法
任雲從山谷間聚攏
又散飛到天際
天　無能說法
千萬年來只讓一個謠字
吸引大地
大地　無處說法
卻容許綠色大聲喧鬧

綠　無法說法
只讓茶米心的香氣在雲水間　搖
——《雲水依依》（釀出版，二〇一二），頁六十六－六十七

隨阿利老師雲水謠品茶

水車微微撼動著雲天
是風在搖　也是水在動
榕樹探向水面的枝椏上下雀躍著
是風在動　也是水在唱
整條雲水謠的溪水潺潺流著
是風在唱　也是水在歌

我們像一頭水牛穩穩蹲伏
在綿密的雨絲裏
讓風流過飛翔的身體
讓水流向深處的記憶

當清芳逸往俯身而臨的白雲
牛，還在水草邊自在觀心

——《雲水依依》（釀出版，二〇一二），頁六八—六九

老榕與老牛——雲水謠所見

每一棵千年老榕都有幾度又幾度涉水的經
驗，因為另一棵令人心儀的榕樹總是住在
水的另一方。

另一方的水認得日日探臨的鬚根，他們俯
身問的不外乎春天喝白茶的那人，濺起了
水花，去了哪裏？

風吹過時，涉水而去的那人以為他真的提
起腳上了岸，其實卻滑入淡褐的茶湯日日
泅泳，從未醉過，也從未醒來。

從未起身，也從未撐起尊嚴卻自有尊嚴的千年老榕，不必抬頭也知道白雲千載悠悠，不必低頭也知道悠悠千載那水自在地流。

老榕早已放下喜怒哀樂如垂落鬚根那樣自然，覷眼再看溪澗裏或站或臥，站著像一堵土牆臥著像一塊巨大鵝卵石的老牛，多少代了，雲去雲來，雨落雨停，只淡淡聞著靈草青青香氣，像老榕垂落的鬚根隨風隨水飄拂。

——《雲水依依》（釀出版，二〇一二），頁七十二—七十三

長教人　生死相許

起音：雲

蔚藍是永遠的底蘊
你長辭了
雪是本然
你將她放在心底鋪陳萬里長白
濾除了五百年的愛怨憎嗔
縱落凡塵
從此真水無色，不顯觀音法相

主唱：水

淙淙，錚錚，不再以色顯聲
從高遠的山巔
帶著清茶的香氣
從煙嵐的腰際
向著人心皺褶的深處
歌，不盡
你是不盡的歌，浮生柔聲不盡的謠

迴響：謠

茶香一般飄散在唇齒之間
彷彿有風　和著
彷彿是低音小提琴

彷彿春雷滾動
彷彿少年時媽媽的千叮嚀萬叮嚀
和著　彷彿有舌滑行
你一直是茶香，長教人以生死相許

——《雲水依依》（釀出版，二〇一二），頁七十四—七十六

凍頂烏龍

沿著凍頂的凍與頂
你初次體會嚴峻
沿著烏龍的烏與龍
你會在南方端詳每一棵嘉木而翔飛

沿著我的掌紋，最細微的那一絲
那一截，你看見月光掩映下
眉山南側負手而行那人的背影
或是沙洲孤冷的身影？

沿著凍頂烏龍茶的杯沿
最細緻的那一絲

那一圓，你的唇依著溫潤
直抵如如不動　心　溫潤如昔

——《雲水依依》（釀出版，二〇一二），頁九十八－九十九

一葉茶

如果風以自己無法度量的腳步
拂過山腰獨立的菩提
我能觀察那紋路找到生命什麼端倪？
——我是剛從樹上摘下的一葉茶

如果雲以自己無法測知的速度
化成漫天雨絲，即使無聲
我能從那軌跡悟通人生什麼訊息？
——我是樹上摘下的一葉茶

如果宇宙眾生以焦渴俯臨我
我能為他們鋪排什麼潮潤或水漬？
——我是樹上摘下尚未烘焙的一葉茶

如果你以期盼凝望我
我能給你什麼膏粱或溫馨？
——我是尚未烘焙的一葉茶

一葉尚未烘焙的茶
未必是你口中可以期待的甘醇極品
一葉茶，尚未烘焙
未必能讓你滿室生香
尚未烘焙的一葉茶
未必可以安寧你的心神

雲水依依
我是安心等待烘焙的一葉茶

——《雲水依依》（釀出版，二〇一二），頁一三〇—一三二

行腳僧的牽掛

我是落單的行腳僧
走過一世風塵、兩世風霜、三世風雪
遠方那淡白的月
渺小為天邊無人注目的晨星

行雲一般的我
走在佛陀不在的路上
不倉皇，不匆急
讓祂趺坐於心尖裏小小的殿堂

絕棄所有紅紗線的情意
息心在兩排孔雀豆成樹前

空氣中傳來花的清香罄之悠遠
乾裂的莢果卻迸出七世睽違的你

二〇一二.〇八.〇二

我是一隻小鳥

我是一隻小鳥
如果只跳躍在你的眼前、樹前
即使是屋頂的邊沿
我真的只是一隻小小、小小的小鳥

當我一頭栽入廣大的天空
飛越遠人、遠洋、遠山
越遠越渺而越小
成為遠方小小的渺渺的飛蚊症小黑點
和天空一起無憂無慮無邊無際且無終無始
我真的還是一隻小小、小小的小鳥

二〇一三.〇一.〇八

分際——讀鄭愁予詩〈偈〉有感

只不過三個星期二十多個日子
正黃風鈴木就不再騰達飛黃
走入自己的後宮
迎接他的是提燈籠的螢火蟲

驚蟄穀雨之後
立夏立即裁剪春的綠袖子
香氛中，春茶早已留下微笑
在農人純樸的嘴角

我們乘願自來
必然也會隨緣他去

六合的天地
豈僅是三萬六千個分際所能限拘？

二〇一三.〇四.二十三

蟬聲外

走出寺門外
卻還在蟬聲裏
我與石獅子對望了一炷香
花香穿過了我又穿過了那廣大的虛空

我回到寺內的蟬聲中
石獅子留在他自己的蟬聲裏

二〇一三.〇五.二十三

一切只是月色銀白

佛即一切
信佛的朋友很虔誠地拱手
準確地在拱手的零點四秒：阿彌陀佛
那樣子很像我寫舊詩的三舅
他遇到偶數句句末
一定押個小韻
拿起酒一定嚷著：燙個酒吧！
真好，順口也順喉
而且還真選擇偶數句句末
押了韻，在匆急的仄聲字後

受洗的人很自然翻開聖經
嘟噥著熟悉的唇型

我是道路、我是真理、我是生命
好像理所當然
為我們張開又為我們溫熱，母親的手
陌生的是丟棄劍以後的劍客
我不是劍客，定格的他說：
我是劍
——一切是劍
風過處，轉身舖陳滿天銀白

二〇一三·〇五·二十七

鼓與鼓之聲

黃昏的時候
夕陽為西天帶來彩霞
眾多的眼睛讚的讚嘆的嘆
雲沒說謝謝
遠處山寺的鼓聲這時也響起了
心，微微震了震
耳膜也沒說一句謝謝

要謝空氣的傳導嗎？
將鼓槌與鼓皮（是鼓的唇或舌嗎？）
〇・一秒的相遇又〇・一秒的相遇又〇・一秒
綿綿傳來耳膜又傳至心瓣
形成一則則傳奇

或者要謝謝那隻吃草的山羊、耕田的水牛
耐風耐雨耐霜耐寒
如今耐打的那張韌皮？
是不是繃緊的皮更適宜道盡風霜？
那道不盡的風霜
又在哪樣的鼓聲外讓人心悸？

或者該謝謝那些支架
他們撐起的空
讓血液流動
讓聲與氣、氣與息相通
謝謝那些拼裝的板塊——鼓桶
讓迴的迴遶的遶
聲音迴遶在空與空之中
直到耳朵裏那一層薄膜
薄膜所振動的某一個穴道中的空

或者感謝逆增上緣的鼓槌
那是多大的手的力道
多慈悲的心的渲染
多痛快的擊打！

鼕，模仿著痛
鼕鼕鼕，痛痛痛
逆逆逆，你你你
你，模仿著無形無聲的痛

黃昏的時候
獨自走過淡水河邊
一隻破敗的鼓輕輕浮在水面
我看見了木條
萎了的鼓皮
老了的青春

這時，我謝謝曾經震撼我的鼓聲
——不在山羊皮、不在木板、
不在棒槌、也不在耳膜的鼓之聲

二〇一三.〇九.十五

無與無之聲

隻手伸掌
我說了一些你預期中的家常
握緊手掌
我又說了一些非你預期中的荒唐
鬆開手掌
預期中你我說了一些東家長西家短

縮回單掌
你總算聽清楚了我叨唸的螞蟻蟑螂

二〇一三·十二·二十一

初冬心境（一）

入宋以後我已不用牛皮了
水邊的茅舍少有霜雪
我墨綠的林子裏
只長無人採擷的深色蕨類

二〇一三.十二.〇一

懸浮的微塵

懸浮的微塵
靜靜穿過大漠、海洋
落在草葉枝枒
會鳴會叫的青蛙沒有覺察

懸浮著的微塵
靜靜穿過髮線、眉尖
落在鼻樑
帶著雪花一樣的微涼
失神的雙眼選擇了遠方的空茫

懸浮了很久的微塵
靜靜穿過唐朝的風宋朝的雲

落在一方琉璃的鏡面上
懸浮了很久很久的微塵
穿過明清少人翻尋的小品
靜靜落在一方琉璃的鏡面上
我用食指靜靜抹除
那不再懸浮的微塵
鏡子依然明亮昨日的明亮
不曾記憶一群微塵
懸浮的模樣

二〇一四·〇二·〇五

〔推薦文〕一

湛然月色明
讀《月白風清：蕭蕭禪詩選》有感

羅文玲

花散發香氣的時候
我剛剛離開老子這本書
所以你不必向枝枒探問鳥聲
鳥聲從不追逐白雲

品讀蕭蕭老師的詩，適合在清泠的冬天，更適合在枝枒剛剛探出頭的春日，儼然思入風雲之中，沏上一杯凍頂烏龍，隨著茶香氤氳，跟著詩文進入文學的逍遙之遊。《月白風清——蕭蕭禪詩選》，收錄了一九八二年第一本詩集《悲涼》到二〇一二的《雲水依依——蕭蕭茶詩集》，再加上近作（二〇一三－一四），共八十一首，長達三十二年的時間，著作已達一三六本的蕭蕭老師，品讀他的詩，如進入禪詩的長河，舒展奔騰，視覺與思緒都可以無限延伸。大學時代我在台中蓮社參與明倫講座，讀過雪公太老師　李炳南教授一首詩「書味回時夜氣清，心苗得雨放新晴，乾坤今古渾無事，唯有湛然月色明。」閱讀《月白風清——蕭蕭禪詩選》，心中鋪展出月色湛然的清明之感，故以「湛然月色明」為此文之題目。

記起過去我的求學歷程，碩士論文與博士論文都圍繞著「佛教文學」來思考，近兩年以《宋代禪學與詩歌關係之研究》，深入討論宋代禪宗與詩歌的關係，禪宗文學與美學是我研究與喜歡的領域。讀到老師的詩，總有似曾相識的熟悉，他的詩與六朝的傅大士那自在的氣度，或是王維的恬淡，乃至蘇東坡與大自然共生共息的詩風相近，是現代詩中珍貴的靈性之作，靜靜的在午後品讀，總有清明與喜悅在流動。

詩的的語言介於說與不說之間，如白靈所言「詩是弔詭的，他的意圖在表現出慾望與隱藏性慾望的兩極中擺盪」，而禪如詩家的切玉刀，是冷靜地觀照智慧，此種矛盾又多元的融合，可說是禪詩藝術的極高境界。

五色眩人耳目，可以征服一切顏色的就是白色，紅、橙、黃、綠、藍、靛、紫這些多元色彩，放在轉盤上快速旋轉就融而化成白色，蕭蕭的詩用淡然自然的方式去呈現文學的美好，作品中出現茶葉、月色、白雪、白雲等自然意象，這些自然現象與人的情感似乎融合在一起，令人動容。

一、淡然月色——禪與詩相隨

禪是宗教，禪是思想，禪是生活，禪是藝術；禪更是一種智慧。禪是梵文「禪那」〈dhyana〉的音譯，漢語意譯為「思維修」，或者是「禪定」，本是古代印度宗教普遍採用的方法，作為調御身心正審思慮的法門。

禪宗的根本精神是不立文字，見性成佛，從佛性之不可言說，進一步認為一切思想、感情、意念、感覺等都是不可言說的，一旦說出，就成為相對的，無法完全表達其本意。

詩與禪相通的內在繫連大約有幾點：

（一）禪和詩都注重內心的契悟

禪宗本是高度主觀化的哲學，境由心起，物由心生，「心生則種種法生，心滅則種種法滅。」這是禪宗典籍中常見的語句。詩歌則是藝術部類中，最重視性靈的表現方式。蕭蕭老師禪詩就有這樣的特質，水與石對話，風與松對談，萬物皆與人化作一體，融合為一，如：

〈澹泊天外〉
水潺潺是水與石相對談
風蕭蕭是風與松的聲籟在對焦
一切都澹了泊了
雲也淡了薄了
把世界推向很遠很遠，天之外，心之外
——《皈依風皈依松》（文史哲，二〇〇〇），頁六十九

（二）禪和詩對語言有近乎相同的特殊要求

禪的最高境界是放棄一切語言，但是落實在傳法過程中，為了指點迷津，又不能離開語言，於是，禪師在語言的選擇上，詩歌在語言的運用上給予讀者充分想像的空間，使作品具有言外之意。蕭蕭老師的禪詩常有意在言外的生命啟發，我特別喜歡〈河邊那棵樹〉三十五首組詩，完全打破有情眾生與無情自然的藩籬，落葉、滾石、月光、腳印，所有的大自然都有生命，可以思考，更可以說法，有著「溪聲盡是廣長舌，山色無非清淨身」的無盡藏世界，每一首詩都可稱是經典之作。

〈河邊那棵樹〉三

河邊那棵樹
對落葉說：
你可以鏗鏘一聲告別我的昨天
卻不能隨意

飄離我的視線
你可以隨意飄離
我的視線
卻一步也無法邁出我
日日夜夜的思念
——《緣無緣》（爾雅，一九九六），頁八十七

〈河邊那棵樹〉二十二

河邊那棵樹
對滾石說：
久久滾一次
還是滾石
在風中，在水中
都有一些
傷逝的
青苔

增厚　生命的厚度

——《緣無緣》（爾雅，一九九六），頁一〇六

〈河邊那棵樹〉二十八

河邊那棵樹
對心情說：
風來，你反而等著風停
花開，你又癡等落英
為什麼不趁著風來　起舞
趁著花謝　瀟灑而行？
花香的路曲折得有些讓人心疼

——《緣無緣》（爾雅，一九九六），頁一一二

禪與詩在傳達方式以及創作手法上，特別注重比喻和象徵，這和語言的運用是互相聯繫的，說禪寫詩都需要機智，而擅於比喻和象徵是高度智慧的表現。不論是注重內心契悟，還是在語言比喻、象徵

等方面的特色，蕭蕭的詩中融入更多自己對生活以及生命的省思與體會。

二、松間月明——思與情相依

禪宗偈詩就禪師而言，由於本心自性的無形無相，非語言文字所能傳述，因而若用符號語言去表述概念，可能會得到反效果；禪師於是選擇了意象語言，用比興的手法依意取象，藉象含意，用意象去創造境界，使意與象融合為一，避免文字誤導的弊病，將讀者引入境界之中，用心靈直接去感受，領悟自性，如此一來，「我心即山林大地」，而「山林水鳥皆念佛法」。用比興的手法托物寫景，而景物之外別有深意，使詩的內涵超越具體物象與語言文字的表面意義，掌握常理所不能及的精蘊，讓讀者在不可思議的玄奧處領悟佛性。

在一般人的經驗裏，熱焰裏不可能結寒冰，九月不會飛楊花，泥牛無法吼叫，木馬更不會奔跑，萬法無自性，因而常識經驗是不可靠的，如此景象適足破除常識之凝滯，若能突破景物的表象，則領悟之後的境界，自由自在，心不隨物轉而超然物外，大自然既是外在物象，也是內心的幻化。因此，禪師詩中的景象雖不是實際的景象，卻暗示實際的景象是無自性的，必須破除對物象的執著，才能悟入佛性。

用比興手法作詩，意象是經過選擇的。大自然中最能表現清曠閑適的意象如幽谷、荒寺、白雲、月夜、寒松，常出現於詩中，而暴風雨、烈陽、桃花、駿馬則甚少被提及，這大抵和禪師們大多住在深山幽谷有關，這些意象取之於大自然，而表達出來的卻又不完全是橫陳在我們眼前的大自然，其中已有內心世界的映照。這類的詩在宋代禪宗典籍《五燈會元》中俯拾皆是，茲略引數首：

青山元不動，澗水鎮長流。
手執夜明符，幾箇知天曉。
（夾山善會禪師，卷五，頁二九四）

世人休說路行難，鳥道羊腸咫尺間。
珍重苧谿谿畔水，汝歸滄海我歸山。
（保福清豁禪師，卷八，頁四九二）。

霜天雲霧結，山月冷涵輝。
夜接故鄉信，曉行人不知。
（西竺尼法海禪師，卷十六，頁一〇八四）。

山河大地、星辰日月無不體現著清淨的心境，人心中也有山河大地、星辰日月，透過意象的呈現，若能看出物象的虛妄而頓悟本心，便可解脫自在。

綜觀蕭蕭老師三十二年來的創作，也有這樣的特質，多達三分之二的詩作是小詩的形式，將組詩系列的作品也視作小詩來看，這些詩作都在百字以內或是十行以下，有些詩作一題多寫，如〈河邊那棵樹〉、〈我心中那頭牛啊〉系列，或是多題寫一，如書寫福建南靖〈雲水謠〉的系列作品，都能自然圓融自如，且含蘊豐富的禪思與禪趣。

（一）禪思的清冷

〈無涯〉
三十三天外，一朵雲

面對無涯時
我正背對著寂寞

當我轉身面對無涯
三十三天外那朵雲向著我的寂寞
赫！
飛奔而來
——《皈依風皈依松》（文史哲，二〇〇〇），頁九十八

〈寂寞〉
揀盡寒枝不肯棲

東坡詞
仍然在卷軸裏，冷
——《後更年期的白色憂傷》（唐山，二〇〇七），頁十五

蕭蕭老師在詩中流露出一般人可能經歷的寂寞與憂傷經驗，但是在詩人筆下，這些憂傷與寂寞的情緒都可以輕輕地放下，如花瓣落下不著痕跡。

（二）詩情的溫度

〈**無去處**〉
快樂在花香散開的時候散開
憂傷在花瓣落下時落下

雲不深，卻也不知雲的去處
——《後更年期的白色憂傷》（唐山，二〇〇七），頁三十四

禪為詩家切玉刀，詩為禪家添花錦，禪學本是哲思的思考，清明的分析，將禪思融入作品之中，可以增添作品的深度，如〈我心中那頭牛啊〉當人的心遇見外面的困頓苦難時，詩人的心卻尋思並尋找生命的出口，自在淡定。

〈迴首第四〉

日久功深始轉頭，癲狂心力漸調柔，
山童未肯全相許，猶把芒繩且繫留。
（普明禪師）

回頭一笑
那一笑還帶著一絲苦與澀
牛的苦與澀
我的苦與澀
石的苦與澀
都繫在一棵柳樹頭

柳樹頭的苦澀
則繫在我心頭
風，笑著，從牛背上撫過
——《緣無緣》（爾雅，一九九六），頁一二九蕭蕭用現代詩歌的方式，呈現禪的思維，溫潤人心也交會出一道光。在視覺上，帶給讀者一種在銀色月光下散步的感覺，靜靜地去傳達出一種生命的美好。如冬日的午後，靜靜坐在陽光下，透過落地窗灑落的溫暖，帶給肌膚的感覺。

三、江清月遠——心與物合一

禪宗在士大夫身上留下的，主要是追求自我精神解脫為核心的適意人生哲學，與自然淡泊、清境高雅的生活情趣。在禪詩中感情總是平靜恬淡的，節奏總是閒適舒緩的，色彩總是淡淡的，意象的選擇總是大自然中最能表達清曠閒適的一部分，如幽谷、荒寺、白雲、月夜、寒松等，他們以虛融清淨、淡泊無為的生活為自我內心精神解脫的途徑，所以總是與塵世隔開，詩畫常常揮手而出，不加雕飾，顯得天真，自然。

大愛電視台「三代之間」的主持人李阿利老師，她是資深茶道老師，我則在明道大學通識課程講授茶道文學，蕭蕭在二〇一三年十月用訊息傳遞茶席美學的境界送給我們，作為茶席布置擺設的參考，這些文辭與禪宗的意境是相近的，雖然都是短短的四個字，但是連著讀下來又如同另一篇美麗的詩篇，禪心與詩心相互輝映：

雲水依依　雲淡風輕　風行水面
一片冰心　一衣帶水　靜水流深
不著一字　月白風清　天心月圓
松間月明　人淡如菊　反虛入渾
飲之太和　蓄素守中　空山新雨
如將不盡　歲月靜好　石上泉清
淡不可收　雲破天青　江清月遠
大漠如新　俱道適往　悠悠天鈞
行雲流水　如見道心　風月無邊
乘月返真　馮虛御風　洗心如鏡

想起北宋時代的宋迪曾經創造八種山水畫的主題：

平沙落雁　遠浦帆歸　山市晴嵐　江山暮雪
洞庭秋月　瀟湘夜雨　煙寺晚鐘　漁村落照

這八景幾乎是後來士大夫畫家、詩人都喜歡的題材，這裏沒有震撼人心的暴風驟雨，沒有海浪波濤，就是寧謐、悠遠、朦朧、恬靜。是人的命運與大自然的和諧，大自然一山一水一草一木之間的和諧。在禪宗追求自我精神為核心的人生哲學與淡泊自然的生活，影響士大夫、文人追求「幽深清遠的林下風流」的審美情趣。

蕭蕭禪詩呈現如江清月遠的審美情趣，大致有幾個角度：

(一)寧靜的無人之境

在喧囂擾攘的塵俗中，常會造成心理波動。禪宗在內心世界的平衡與求解脫給予文人一種省思與啟迪，亦外化成文學藝術作品，同樣是追求寧靜與恬淡的喜悅，而這種氣氛只能是「無人之境」，因此在詩中的意象只能是肅穆佇立下的山，明鏡般的水，潔白晶瑩、落地無聲的雪，永恆的天空，而非暴風雨、驚雷閃電，更非喧囂的人，最多人只能作為陪襯，渺小的陪襯。

禪宗把山水自然看作是佛性的顯現，青青翠竹，盡是法身；郁郁黃花，無非般若。在禪宗看來，無情有佛性，山水悉真如，百草樹木作大獅子吼，演說摩訶大般若，自然界的一切莫不呈顯著活潑的自性。蘇東坡遊廬山東林寺作偈：「溪聲便是廣長舌，山色豈非清靜身。夜來八萬四千偈，他日如何舉似人？」山間的清風明月，溪水蟲鳴都化作有情，為眾生說法。

蕭蕭偶爾化身為茶葉、或是河邊的一棵樹，與大自然的草木共生息，在呼吸吐納之中，流露出悲天憫人的情懷，完全打通自然與人之間的經絡與脈輪，劃開了人與自然的層次，萬物與我合一，平等自然無所分別的同理心，如〈月色是茶的前身〉，這首詩中穿越時空，穿越前世與今生，去傳達用現代的科技電腦，也許是臉書，也許是email去傳送一種深厚的情意，以及另一種方式的陪伴，而作品中將月色，樹葉，都化身為有情有溫度的詩人之心。恬淡自然的畫面傳送出禪趣十足的滋味。

〈月色是茶的前身〉

前世欠你一片溶溶月色
我還你一路樹蔭
一路朗朗而過的笑

六六大順的夜晚
你又來夢裏鋪滿銀白
下輩子我會是自在的流雲
只負責逗引你抬頭開心

或許欠的是一陣花的芬芳
今生化成鍵盤鍵
陪你數算寂寥的清夜

此刻，你又以茶香
溫潤我　糾結的喉口

下輩子還是回復為竹海的風吧！
可以翻閱你身上的綠葉
——《雲水依依》（釀出版，二〇一二），頁三十八－三十九

（二）恬淡的潔白色彩

色彩對於感官的刺激作用是自然的，色彩也具有一定的聯想與觸發，如紅色使人聯想到血、火、戰爭，綠色讓人聯想到生命、樹林、大地，中國士大夫在現實世界中的壓抑與不順遂，期望在寧靜的環境中尋求心理平衡，因此他們厭惡令人聯想到喧囂繁雜塵世的豔麗色彩，偏向於恬淡的青與白等色彩。

從中國佛教的整體歷史發展看，佛教在宋代以後進入衰落期，對外來佛典的大規模翻譯和闡述基本結束，佛教自身在理論上已沒有太多新的建樹。然而，佛教文化在社會精神生活和思想學術領域都持續發揮作用，對社會各階層的影響保持相當的深度和廣度。以士大夫佛教為代表，持續將佛教義理人文化、理性化、學術化，成為宋代道學形成的一個因素，影響了往後中國佛教的發展。

宋代正處於中國社會大轉折的時期，處身其中的士大夫迫切需要找到安身立命的精神歸宿，士大夫佛教正是適應這種要求興盛起來，主要傾向不是消極避世而是積極入世。士大夫佛學堅持人本主義，發揮佛教宗義追求個性自由和特立獨行的精神，使佛教主題在一定程度上發生轉換。蕭蕭詩中白色佔據大多數，呈現一種月白的素雅色彩，如：

〈欣喜〉

黑泥暗土裏

爆出一蕊白色嫩芽

笑，有了聲音

——《後更年期的白色憂傷》（唐山，二〇〇七），頁二十九

（三）圖畫的素雅呈現

蘇東坡有一次讀了王維的五言絕句：「藍田白石出，玉川紅葉

稀，山路原無雨，空翠濕人衣。」有感而發說：「味王摩詰之詩，詩中有畫；觀王摩詰之畫，畫中有詩。」這就是「詩中有畫、畫中有詩」這句話的來源。

王摩詰另有很有名的詩句：「行到水窮處，坐看雲起時。」很多畫家都很喜歡用繪畫來描繪這首詩句。歷代詩人的作品，適合拿來作畫的詩句很多，比如：孟浩然的〈春曉〉：「春眠不覺曉，處處聞啼鳥，夜來風雨聲，花落知多少。」柳宗元〈江雪〉：「千山鳥飛絕，萬徑人蹤滅。孤舟簑笠翁，獨釣寒江雪。」賈島〈尋隱者不遇〉：「松下問童子，言師採藥去。只在此山中，雲深不知處。」等等不勝枚舉。

熟悉古典文學的蕭蕭，其禪詩中亦呈現這樣的畫面，詩中有畫，讓人賞心悅目，閉上眼睛，詩中的畫面如在眼前，

〈觀音觀自在〉

那就一句話也不要
說

我們和山一齊坐下來
分坐河的兩岸
讓雨直直落在心裏
——如果有風
也不妨斜斜的落
我們都能想像
雪融的樣子

雪融的時候
什麼話也不必說
——《悲涼》（爾雅，一九八二），頁一五〇—一五一

蕭蕭回到福建南靖雲水謠看見滿山的茶樹，聞到空氣中飄散的茶香，以及一起同遊的好朋友，那份真摯的情誼與美麗的雲水謠景色，所寫的系列作品，隨文入觀，呈現出一種如詩如畫般的畫面，令人神往。

〈南靖雲水謠〉

風　無意說法
從高處的雲端飄近水湄
又飄向遠方
遠方　無心說法
任雲從山谷間聚攏
又散飛到天際
天　無能說法
千萬年來只讓一個謚字
吸引大地
大地　無處說法
卻容許綠色大聲喧鬧
綠　無法說法
只讓茶米心的香氣在雲水間　搖

——《雲水依依》（釀出版，二〇一二），頁六十六－六十七

〈老榕與老牛——雲水謠所見〉

每一棵千年老榕都有幾度又幾度涉水的經驗，因為另一棵令人心儀的榕樹總是住在水的另一方。

另一方的水認得日日探臨的鬚根，他們俯身問的不外乎春天喝白茶的那人，濺起了水花，去了哪裏？

風吹過時，涉水而去的那人以為他真的提起腳上了岸，其實卻滑入淡褐的茶湯日日泅泳，從未醉過，也從未醒來。

從未起身，也從未撐起尊嚴卻自有尊嚴的千年老榕，不必抬頭也知道白雲千載悠悠，不必低頭也知道悠悠千載那水自在地流。

老榕早已放下喜怒哀樂如垂落鬚根那樣自然，覷眼再看溪澗裏或站或臥，站著像一堵土牆臥著像一塊巨大鵝卵石的老牛，多少代了，雲去雲來，雨落雨停，只淡淡聞著靈草青青香氣，像老榕垂落的鬚根隨風隨水飄拂。

——《雲水依依》（釀出版，二〇一二），頁七十二—七十三

（四）趣味的盎然生機

傳統的觀物方式，是以我觀物、以物觀物。以我觀物，故萬物皆著我之色彩；以物觀物，故不知何者為我，何者為物。而禪宗的「觀物」方式，則是迥異於這兩者的禪定直覺，它不是觀物論，而是直覺論。它的關鍵是保持心靈的空靈自由，即《金剛經》所說的「應無所住而生其心」。無住生心是金剛般若的精髓，對禪思禪詩產生了深刻的影響。

慧能在《六祖壇經》中，即提出「立無念為宗，無相為體，無住

為本」。體現無住生心的範型是水月相忘。不為境轉，保持心靈的空明與自由，即可產生水月相忘的審美觀照：「雁過長空，影沉寒水。雁無留蹤之意，水無留影之心。」（《五燈會元》卷一六《義懷》），「寶月流輝，澄潭布影。水無蘸月之意，月無分照之心。水月兩忘，方可稱斷。」（《五燈會元》卷一四《子淳》），「無所住」並不是對外物毫無感知、反應，在「無所住」的同時，還必須「生其心」，讓明鏡止水般的心涵容萬事萬物。事情來了，以完全自然的態度來順應；事情過去了，心境便恢復到原來的空明。「無所住」是「生其心」的基礎，「生其心」的同時必須「無所住」。

〈行腳僧的牽掛〉，這首作品就寫得非常出色，愛是第五元素，四大可以空，唯愛無法空。四大具體，無愛、世界就無法運轉。行腳僧，也逃不過人性之常，透過這首作品寫出深刻綿延的情感，穿越幾世的藩籬，愛可以無限延伸。

我是落單的行腳僧
走過一世風塵、兩世風霜、三世風雪

遠方那淡白的月
渺小為天邊無人注目的晨星

行雲一般的我
走在佛陀不在的路上
不倉皇，不匆急
讓祂趺坐於心尖裏小小的殿堂

絕棄所有紅紗線的情意
息心在兩排孔雀豆成樹前
空氣中傳來花的清香磬之悠遠
乾裂的莢果卻迸出七世睽違的你

——《聯合報．聯合副刊》二〇一三年三月十四日

蕭蕭的詩篇儼然如在月色中珈趺而坐，將全部的鮮白、調柔、清靜傾注，於是當晨曦初現彷彿照見溫潤、輕巧、淡定的如如本心。

四、月白風清——詩與境相諧

在風月無邊的靜夜裏，品讀《月白風清——蕭蕭禪詩選》，每一篇作品都傳遞出一種寧靜身心安頓的自在，是一種歲月靜好的沉澱，經過歲月釀出的純淨美好。

一生為詩歌，為推動文化教育，用詩的境教，在明道大學建立「追風詩牆」、「鳳凰詩園」、「詩學研究中心」，不斷思維如何為文學教育，不斷思維如何提升孩子的學習，讓詩歌的種子在自然的環境中走入生命。如維摩詰居士的隨緣自在，從容自得，儼然〈雪之白〉：

唯一可以降伏
所有顏色為一白的
雪，在暗夜裏慌黑

——《後更年期的白色憂傷》（唐山，二〇〇七），頁七十六

蕭蕭禪詩的境界深深地烙上了華嚴思想的無盡與圓融。華嚴思想的根本特徵是圓融，表達圓融妙喻的是《華嚴經》中奇妙的帝釋天之網。她取材於印度神話，說天神帝釋天宮裝飾的珠網上，綴聯著無數寶珠，每顆寶珠都映現出其他珠影，並映現出其他寶珠內所含攝的無數珠影。珠珠相含，影影相攝，重疊不盡，映現出無窮無盡的法界，呈顯出博大圓融的絢麗景觀。圓融是華嚴的至境，也是禪的至境。蕭蕭《月白風清》表達圓融境的禪詩，彰顯著帝網交光、重重無盡、圓融諧和的美感特質。

閱讀蕭蕭禪詩，是洗滌心靈的妙方，每一字句都散播著清新的氣息，仿若提醒著我們在塵俗中保持覺醒，如同為心靈作SPA的自在舒坦，如這首詩呈現的自在灑脫：

山退到很遠很遠的地方
讓雲隨意飄著
雲退到很遠很遠的地方
讓山童的笛音隨意飄著

笛音退到很遠很遠的地方
岩石自如
水自在

「退」，讓水自在，讓雲自在，也讓吹笛的山童自在，「退」，讓一切自在。如同觀自在菩薩的寬容氣度，那是生命的大自在與大無畏！

蕭蕭的禪詩如醍醐灌頂，讓我們的心可以狂心暫歇，如雲散月明般，獲得大自在。調伏我們的心如同牧牛是不容易的功夫，就像黑暗的角落遇見陽光呈現光明，讓「岩石自如，水自在」，從詩中如見其人，詩人蕭蕭的心可以如如不動，如岩石自如，水自在，彷彿光明一直引領著，讓人有一股溫暖流動著！如春天的魔法輕輕施展在小葉欖仁身上，抹上新綠，綻放嫩芽，迎接春光與藍天！

二〇一五　立春之日　寫於明道大學開悟大樓

羅文玲：明道大學國學研究所所長

〔推薦文〕二

蕭蕭現代禪詩中的禪趣析論

陳政彥

摘要

本文嘗試分析蕭蕭現代禪詩中的禪趣，首先分析公案與詩則是透過比喻與矛盾語言，打斷讀者文字層面的理解，迫使其察覺到自己意識自己正在進行的意識行動，並進一步打破對事物、對世界的僵化固持觀點，最終用詩的語言描繪這種新的視角所看到的自我與世界。這便是禪趣。

回到現代禪詩的討論，我們對現代禪詩與佛教詩應該有所區別，不應只是有佛語禪語入詩才是禪詩，更應該從詩能否給予讀者對意識的察覺以及對於世界的重新認識，來判斷這樣的詩才是更嚴格意義的現代禪詩。透過這種角度來看蕭蕭，才會發現蕭蕭詩中的禪詩有豐富多元的表現，值得論者詳加討論。

關鍵字：現代禪詩、禪趣、蕭蕭、公案、現象學

An Analysis of Zen in Hsiao Hsiao's Modern Zen Poetry

Chen Jeng-Yan,
Associate Professor, Department of Chinese Literature, National Chiayi University

Abstract:

As there are figures of speech and contradictory words in Koan and poetry, the readers will not only understand them in terms of the literal meanings. They are forced to be conscious that they are perceiving what they are engaged in at that moment. Therefore, the fixed attitude toward things and the world is further softened. Finally, the poetic language is used to depict the self and world from the new perspective.

As for the discussion on the modern Zen poetry, we should distinguish between the modern Zen poetry and Buddhist poetry. A Zen poem should not only be one with the Buddhist or Zen terms. Instead, it could make the readers aware of their own consciousness and have a different view of the world. In terms of this definition, it could be regarded as a modern Zen poem. Reading Hsiao Hsiao's poems from this perspective, we will find the abundance and diversity in his Zen poetry, which is worth a deeper discussion.

Keyword: modern Zen poetry, Zen, Hsiao Hsiao, Koan, phenomenology

一、前言

就戰後台灣現代詩史來說，崛起於七十年代的詩人蕭蕭絕對占有舉足輕重的地位，長年撰寫詩論、編輯詩選，同時也是著名的散文家，各類著作至今已破百本，當真做到著作等身。但其多才多藝的多重身分，反而掩蓋了蕭蕭的詩作成就，殊為可惜。相對於跟蕭蕭同世代詩人詩藝研究成果已然豐碩，目前關於蕭蕭的相關研究卻多半討論他的詩學評論與推廣教學，聚焦在其詩藝術成就的學術研究成果不多，其詩作仍缺乏更深刻的詮釋與分析。[1]

[1] 目前直接討論蕭蕭詩藝術成就的論著有林毓鈞的碩士論文《蕭蕭新詩研究》（彰化：彰師大，二〇〇六），黃如瑩碩士論文〈第四章蕭蕭的詩與佛〉《臺灣現代

蕭蕭現代詩作的特色風格是禪詩。[2]台灣現代詩壇中寫作禪詩的詩人不少，洛夫從七十年代揚棄超現實主義之後，禪詩就成了顯著特徵。周慶華也曾指出羅門、張健、夐虹、蕭蕭、沈志方、楊平都是有意經營「新禪詩」的詩人，蔡富澧另外指出周夢蝶、楊惠南、劉易齋、黃誌群等人也有禪詩作品。[3]但是最常被討論的代表詩人分別是周夢蝶、蕭蕭。

周、蕭二人雖同寫禪詩但風格卻大不相同。一如葉嘉瑩的詮釋，周詩雪中取火且鑄火為雪，禪詩生冷外表之下其實充滿熱切深情，詩

---

2 林明德主編《蕭蕭新詩乾坤》（臺中：晨星，二〇〇九）當中多篇論文都提及蕭蕭的禪詩特色。

3 周慶華《佛教與文學的系譜》（臺北：里仁書局，一九九九），蔡富澧《臺灣現代詩中的禪境探究：以四位詩人的作品為例》（佛光大學碩士論文，二〇〇九），都曾討論現代禪詩的發展概況，並舉詩人詩作分析。但是對於何謂「禪趣」還缺乏更深刻的分析。例如周慶華對於現代禪詩的看法是：「現代禪詩也就不容易評估，只得權以『旨趣不定』作結。」周慶華《佛教與文學的系譜》（臺北：里仁書局，一九九九）。頁二一四。

詩與佛——以周夢蝶、夐虹、蕭蕭為線索之考察》（台南：臺南大學，二〇〇五），林明德主編《蕭蕭新詩乾坤》（臺中：晨星，二〇〇九）收集討論蕭蕭詩作的單篇論文而成。但相對於蕭蕭豐富的詩作，相關論述的數量仍不算多。

人以文字寄託一己之困頓，昇華為對人、對物、對世界的無盡慈悲。蕭蕭則呈現禪詩的另一種可能。蕭蕭出身臺師大國文研究所，碩士論文研究司空圖詩品，學理上繼承中國古典詩深受禪宗影響的美學脈絡[4]，而自己在佛學上薰習思考，結合長年對現代詩的研究，在現代禪詩方面展現了多元精采的表現。

如果與目前周夢蝶豐富的研究成果相比，蕭蕭現代禪詩相關研究成果仍然十分缺乏。林毓鈞的碩士論文《蕭蕭新詩研究》指出蕭蕭禪詩特色是以截斷的手法含蓄表現詩意，但為甚麼以截斷手法表現含蓄情境就是禪，文中並未討論。黃如瑩《臺灣現代詩與佛——以周夢蝶、敻虹、蕭蕭為線索之考察》討論蕭蕭的部分僅占四分之一，且文中多以蕭蕭學佛歷程以及詩中所引用佛典來討論，都並未說明清楚蕭蕭禪詩中的禪趣為何，嚴格說來是佛教詩而非禪詩的學術討論。

---

4 司空圖詩品受到禪宗影響相關論述很多，此處舉杜松柏的分析為證：「司空圖際唐末兵間，嚴羽亦值宋末衰世，皆逢禪學大盛以後，援以喻詩論詩，惟表聖喻託遙深，以禪論詩之旨隱，滄浪則明言推闡，其意昭明，合二人之說，有以明禪學詩學融合之精要矣」杜松柏《禪學與唐宋詩學》（臺北：黎明文化事業，一九七六），頁四三四。

從上述討論中，我們可以發現，蕭蕭禪詩的相關研究之侷限，更根本的原因是在目前台灣現代詩的論述當中，面對現代禪詩，還沒有形成系統而完整的詩學論述。統整目前相關研究成果，現代禪詩的研究大概分成三個方向。首先是從詩人的生平學佛歷程來印證詩中的佛教意涵。但這種文學史面向的研究，只是說明詩人創作禪詩的原因，並未直接分析現代禪詩之禪趣如何而來。第二種方向解釋現代詩中的禪趣是吸收轉化禪宗思想的中國傳統美學的一環，因此詩中的間接指涉含蓄之美就是禪詩特色。但這種詮釋將現代禪詩的美感等同古典詩歌含蓄之美，範圍太大，遠離了禪詩討論的獨特性。[5]第三種方向較能切入現代禪詩美感核心的討論方式，是援用古典禪學話語來詮釋現代禪詩。例如蕭蕭在《台灣新詩美學》中討論周夢蝶的論文〈從佛家美學看周夢蝶詩作的體悟〉從禪宗的基本介紹，到禪詩互涉的歷史背景，到透過禪宗的話語來說明闡釋眾多現代禪詩作品，是目前最具系

[5] 潘麗珠：「本文所謂的『禪』的昇華，也就是『禪意』，是指將禪、或禪宗揭示的基本方法和傳統思想融合，再加以擴展、引申、發揮，而成為中國人傳統心理中某種普遍存在的審美價值、生命情調，也就是說，是一種與美學相通的審美人生哲學。」潘麗珠《現代詩學》（臺北：五南圖書，一九九七），頁二十九。

統完整討論的現代禪詩論文。

但是直接援引禪宗話語來詮釋現代禪詩，仍然有不夠清楚之處，因為禪宗公案本身就不容易被人理解，還要進一步用公案詮釋同樣費解的現代詩話語，形成讀者在閱讀上的雙層困難，沒有背景知識的讀者想要透過此類論文進而了解詩中的禪趣仍然有相當的難度。

如果能夠有系統地說明甚麼是禪、甚麼是詩歌藝術的禪趣，並進一步闡明禪趣與現代詩的關係，我們才能夠清楚明晰地討論蕭蕭的禪詩。只是我們要如何在古代禪宗話語以及現代禪詩語言之間，找到一個能夠互通理解的詮釋進路呢？

前述的研究成果對現代禪詩都已經有相當深入的討論。但是針對讀者在現代禪詩所產生的閱讀樂趣部份，往往採用禪宗講究以心印心、不立文字、教外別傳來說明。「悟」是表達者與接受者之間超越語言文字的默然內契，但是如果沒有相同程度的知識背景與默契，就無法接受到對方要傳達的意思。因此本文擬採用循序漸進的說明方式，層層分析，希望建構出理解現代禪詩的另一種進路。現象學的相關理論或可以幫助我們更有系統地理解禪與詩的關係。現象學研究人的意識，而這與佛教義理頗有相通之處。[6]在本文中現象學的論述可成為一種中介，幫助我們理解禪宗理論。受到現象學影響啟發而產生的讀者反應理論與接受美學，反思閱讀過程中讀者的意識行動，則落實在禪詩的閱讀美感分析當中。看似繞遠路，卻不失為幫助我們循序理解現代禪詩一種進路，以期進一步發掘蕭蕭現代禪詩的真正價值。以下分別說明。

二、從禪宗公案到現代詩語言中的禪趣

蕭蕭在〈河邊那棵樹七〉中說：「河邊那棵樹／對太陽說：／昨天下去那個太陽／是你的誰？／今天上來的你／又是誰的太陽？／誰，是你的太陽？」[7]如果我們只從字面上直接理解，會覺得摸不著

[6] 吳汝鈞說：「胡塞爾的現象學可以說是一種意識哲學。他由意識所給出的意義來說對象，對象必須對應於意識的意義，一切在意識之外的東西都不能說。事物本著意識提出來的意義而成意向對象，又可本著意義而回歸意識本身。而意識絕對自在的。不依於對象。在這一點上，現象學與唯識學以識為中心概念極為相似。」見吳汝鈞《胡塞爾現象學解析》（臺北：臺北商務，二〇〇一），頁一五五、一五六。

[7] 蕭蕭《緣無緣》（台北：爾雅，一九九六），頁九十一。

但是如果更認真反省自我的存在狀態，就會發現，自我可以分成「經驗自我」與「超越自我」兩種層次的差別。「經驗自我」亦即「是一個物質性的、有機的以及心理性的東西。如果我們只簡單地把自我當做世上種種的事物之一」[12]，這樣的自我與世界圖像緊緊連結在一起，充滿情緒也有煩惱。而「超越自我」是指「它是真理的行使者，是判斷與檢驗的責任者，是在知覺上與認知上世界的擁有者。」[13]這個具有覺知能力的「超越自我」，能夠在各種與物質接觸的感官經驗中，建構起世界的樣式，但也能從中察覺意識本身的存在。這也就是禪宗所謂的「自心」。以禪宗公案來說明的話，即《景德傳燈錄》紀載禪宗二祖神光（後改名慧可）求達摩安心之公案：「光曰：『我心未寧，乞師與安。』師曰：『將心來，與汝安。』曰：『覓心了不可得。』師曰：『我與汝安心竟。』」[14]心所以不安

12 羅伯．索科羅斯基著、李維倫譯《現象學十四講》（台北：心靈工坊，二〇〇四），頁一一二。

13 羅伯．索科羅斯基著、李維倫譯《現象學十四講》（台北：心靈工坊，二〇〇四），頁一一三。

14 顧宏義注譯《新譯景德傳燈錄》卷三》（台北：三民書局，二〇〇五），頁一

是源於生活中種種煩惱困頓，但是當達摩要求神光找出什麼是「心」的時候，神光體悟到，世間經驗所累積建立起的「經驗自我」與主動分辨決定的「超越自我」並不一樣。這種跳躍性的體悟便是禪宗的重要義理。

禪宗的頓悟，我們可以理解成從「經驗自我」當中發覺到「超越自我」的察覺歷程。如果沒有這層覺察，「經驗自我」始終忙於面對物質世界所帶了各種變化與挑戰，同時升起各種對應情緒。但當從經驗自我的反省進一步體會到超越自我，我們就會嘗試以新角度看待意識所意向的世界。現象學稱為「置入括弧內」（bracketing）亦即「我們懸置我們的信念，我們把世界以及所有的事物放入括弧之中。」[15]過去我們未經反省就接受的種種理念都加以懸置。我們重新認識世界，也重新認識自己。

那麼從中國禪宗的佛教義理如何轉變成詩中的禪趣呢？這則需要

二二。

[15] 羅伯．索科羅斯基著、李維倫譯《現象學十四講》（台北：心靈工坊，二〇〇四），頁一一二。

從「公案」談起。

「公案」原指官府判決是非的案例，禪僧收集過去禪宗大師教化弟子的話語動作，集結成冊，用以判斷禪僧的是非迷悟，故稱之為公案。黃連忠解釋：

在生活中運用生活的機會教育，在生活的現場當下點破修證的玄機就成為禪宗教育哲學的特色。當然，最高明的禪法或許是當下可以截斷學人的情識業流，但是禪宗普傳之後……原本給予禪宗新的活力與創造力的「公案」，後來卻成為固定式的教材化的學習對象，並且以各種不同的方式呈現出來。[16]

綜合前述，公案的特色就是透過語言文字促使參禪的學人意識到自己正在意識此一狀況。但是語言文字本身仍屬經驗世界的一部分，所描述不脫離經驗世界，如果只從字面上理解公案，仍然只是經驗自

16 黃連忠《禪宗公案體相思想之研究》（台北：台灣學生書局，一九九三），頁一六四。

我的作用。所以禪師面對學生提問時，必須跳脫問題，引導學生察覺，不要從字面上探求答案，不應該執著於對世界的外求，而是回歸到意識本身。為此，禪師不得不運用比興譬喻以及矛盾語言來打破學生對當下問題的執著，巴壺天說：「禪宗語言何以要用比興體的詩來表達呢？人類的知識有三種，感性知識，理性知識和自性知識。禪宗公案所表現的絕對的自性，是言語道斷，心行處滅的，因而不得不藉重比興詩體——用感覺的具體事物象徵那不可感覺的和不可思議的自性。」[17]公案正是借用詩的語言來使學僧發覺正在作用的意識的本質。

等到唐宋之際，禪宗大盛，詩人禪僧交往密切，詩人本身也學佛參禪讀公案，進而以禪入詩，具詩才的禪僧也以詩明禪。公案以其特殊的啟發作用，也影響了古典詩人的創作經驗。對於特別敏銳的詩人來說，在閱讀公案時，體會到在世界之中的經驗自我當中還有一超越自我的存在。並且落實在詩作中，期許讀者跳出文字之外，追求作者與讀者在文字之外，彼此達成冥然默契的精神狀態，公案啟發了閱讀

[17] 巴壺天《禪骨詩心集》（台北：東大圖書，一九九七），頁二十六。

詩作時的一種特殊趣味。這種特殊的閱讀樂趣，便是「禪趣」。

詩人由此得到創作的啟發，並且透過詩話的形式，將這種體悟轉化成文學理論，造成長久廣泛的影響。杜松柏曾說：

禪祖師於證悟自性，雖不能說，然不能不說之時，則求其不觸不背，不脫不黏，象徵寓託，往往以詩為之。詩人依題作詩，比物取象，既不可形似，又不可不似，既不可直說，又不可不說，故出以比興之體，使詩作能不背不觸，不脫不黏……有此基本相同之屬性，方能援詩寓禪，以禪入詩，進而至於以禪喻詩論詩，禪與詩乃密相融合。[18]

---

18 杜松柏《禪學與唐宋詩學》（臺北：黎明文化事業，一九七六），頁二〇一。蕭麗華針對詩與禪的匯通基礎歸納為二。一來：「詩的本質是以精神主體為主的……禪是中國佛教基本精神，心靈的主體超越解脫，是物我合一的方法與境界，與詩歌的本質是可以相匯通的。」二來「禪的不可言說性與詩的含蓄象徵性，也是詩禪可以相互借鑑的重要因素」見蕭麗華《唐代詩歌與禪學》（臺北：東大圖書，一九九七），頁七－十。除上述二書之外，有關古典詩與禪之間的交涉研究成果極多，此處不及備載。

當讀者在讀這些詩的時候，跳脫了文字，體察自身意識之存在，也就是自心的存在，進而能體會詩人創作禪詩的創作意識。

將上述討論落實到蕭蕭〈河邊那棵樹七〉的分析當中，可見這首禪詩不像其他文學作品建構一個指涉世界讓讀者通過閱讀趣進入去感受，反之，蕭蕭打斷了讀者閱讀的慣性，以矛盾句法，不統一的邏輯迫使讀者無法繼續理解，必須跳脫文本之外思考，進出文本的過程當中，讓讀者發覺自己正在閱讀，進而體察自己能夠閱讀的主體存在，此一過程便是讀者感到禪趣的由來。

歸結以上討論，我們可以發現禪宗所討論的心與禪，其實並不是高深玄妙無法想像的玄理，其實就是意識到，透過感官經驗所建構的世界與自我的認知架構當中，有著一分能動的意識的本質。而公案與詩則是透過比喻與矛盾語言，打斷讀者文字層面的理解，迫使其察覺到自己意識自己正在進行的意識行動，並進一步打破對事物、對世界的僵化固持觀點，最終用詩的語言描繪這種新的視角所看到的自我與世界。

回到現代禪詩的討論，我們可以依此區分出現代禪詩與佛教詩的差別，要知道不只是佛語禪語入詩才是禪詩，更應該從詩能否給予讀者對意識的察覺以及對於世界的重新認識，來判斷這樣的詩才是更嚴格意義的現代禪詩。透過這種角度來看蕭蕭，才會發現蕭蕭詩中的禪詩有豐富多元的表現，值得論者詳加討論。

三、蕭蕭禪詩中的禪趣

蕭蕭長期以寫作禪詩為職志，因此蕭蕭現代禪詩開展的面向廣闊，耐人尋味，此處嘗試以三個方向來分析蕭蕭禪詩。雖然人的意識總是意向著世界，實際上是瞬間完成，無從分離。但是在理解的層次上我們可以分成意識本體，意識意向著外在世界，以及外在世界對意識的意義三個層次來說。在每一個層次上蕭蕭或多或少都有禪詩觸及。以下分別就主體、認識、世界三層次說明：

（一）主體：使閱讀者發覺自己正在閱讀的主體

從上述的討論當中，我們了解禪宗公案與禪詩之間的關聯性都在促使讀者閱讀時，透過文字，跳脫人們經常習慣性的認知，也就是物我二分，意識迷失世界之中的狀況，意識到自己意識的存在，發覺自己的存在。這也就是蕭蕭禪詩的第一個面目。

1. 反省自己在哪裏

蕭蕭的詩之所以以禪著稱，這與詩中時常有追尋自我何在的疑問有關。詩中總是不斷叩問自己在哪裏，但卻又找不到答案。蕭蕭在〈開放自己〉中說：「從泥水中掙出／我開放自己如日之光月之華／原以為可以撚熄／東邊的太陽西邊的月亮／低頭一看，我的影子仍然那麼長」[19]在現實世界中，我們總是不斷對現況感到不滿，總覺得如果自己有機會一展身手，必定可以空前絕後、與眾不同，但經過了一輩子的努力，最後才發現自己往往犯了跟別人同樣的毛病，陷入跟別人一樣的輪迴中。最後一句以影為喻，警策實深。

如果外在的事功恐怕不能當成依靠，那麼就該努力往內在世界找尋新的方向。心即是成佛的關鍵，因此蕭蕭持續扣問讀者：「有的佛

[19] 蕭蕭《皈依風皈依松》（台北：文史哲，二〇〇〇），頁五十七。

住在宮殿的輝煌裏／有的住在草庵中／／你，落腳哪裏？」[20]他問著讀者，心在哪裏落腳呢？但是人的意識總是意向著世間萬物，從一睜開眼就與這個世界深深嵌合在一起，色聲香味觸法，感官總是不斷欺騙著我們，唯有突然劇烈的意外，讓人悚慄，才會體悟到在痛的是誰？蕭蕭在〈聲色之間〉告訴我們：「嫩芽還沒破土之前，那容顏／我苦苦追問／你卻匆匆逸入／花蕊凋謝時那一聲嘶／／撕裂的痛」[21]嫩芽一旦破土，就進入了世界，蕭蕭要問的是，在出生之前，生命的面目是甚麼樣子呢？而此處的「你」是答案，來自於花蕊凋謝，說明了生命的起點即是上一段生命的終點。但答案不只如此，蕭蕭更點出了自我不是現實世界中生死輪迴的物質自我，而是貫穿了生死的意識主體的能動知覺，也就是那一聲「痛」。

禪門中也有類似的公案，義玄禪師便善以「痛」來啟發學僧：「上堂，僧問：『如何是佛法大意？』師豎起拂子，僧便喝，師便

20 蕭蕭《後更年期的白色憂傷》（台北：唐山，二〇〇七），頁三十三。

21 蕭蕭《緣無緣》（台北：爾雅，一九九六），頁三十八。

打。」[22]一旦落入現實經驗的思慮，就丟失了對自我的覺察。以強烈的痛，打斷學僧的思慮，逼使發覺自心何在，這就是著名的「當頭棒喝」的典故。落在蕭蕭詩中，詩人則要我們尋思，我不是輪迴生死的我，而是那一份能夠覺察到痛，能夠痛哭失聲的那個精神主體的存在。由此，我們可以進一步深入蕭蕭詩作禪意的來源。

2. 逼顯自己在哪裏

蕭蕭在〈瀑布的生命〉中以瀑布為喻布置禪機：「在生與死的猶豫間下了決心／刷一道白。卻非空無／／也不確然是　非空無」[23]瀑布宛如跳水者的姿態，以刷一道白畫下曾經活過的燦爛痕跡，說來不算空無。但是蕭蕭卻馬上補了一句，「也不確然是　非空無」，則讓讀者墜入五里霧中，如此說來到底是空無，還是非空無，蕭蕭留下了一個矛盾的問題，供讀者體會。禪宗公案正是偏好透過這種語言邏輯的矛盾製造讀者理解時的斷裂，讓讀者透過理解語意的斷裂，意義的

22　宋・釋普濟《五燈會元・卷十一》（台北：文津，一九九一・四），頁六四八。
23　蕭蕭《後更年期的白色憂傷》（台北：唐山，二〇〇七），頁八十。

空白處的過程中，發覺自己正在進行理解這件事情，進而反覺自己意識的存在。在文字中埋伏這種疑問，也是啟發讀者發覺意識的重要成分。

禪宗公案當中此例甚多。如《五燈會元》記載：「趙州從諗因僧問：『如何是祖師西來意？』師云：『庭前柏樹子』。曰：『和尚莫將境示人。』師曰：『我不將境示人』，曰：『如何是祖師西來意？』師曰：『庭前柏樹子。』」[24]提問的是什麼是佛法，但答案卻是眼前現成的景物。但事實上祖師西來意正是要人覺察自己能夠看見眼前庭前柏樹子的「自我」，因此，看似不相關的答案，必須跳出字面之外，才能與作者身領神會。

蕭蕭在鏡子（A）中說：「發現對面是一片空白／無物可照／那晚，鏡子開始懷疑／我，曾經存在嗎？／那些曾經在我心上喜心上怒

24 見釋普濟《五燈會元》卷五（台北：文津，一九九一・四），頁二〇二。類似的例子可見《碧巖錄》中洞山禪師公案：「僧問洞山：如何是佛？山云：麻三斤。」吳平《新譯碧巖錄》卷二（台北：三民，二〇〇五），頁一五四。

的／如今又在哪一面鏡子的外面哀樂？」[25]喜怒哀樂都是我們對人對事的情緒反應，如果抽離世界，自己與自己獨處時，何來喜怒哀樂？如余德慧所說：「語言給出的秩序被違反，人就突然陷落深淵。裂縫來自語言上的裂縫，存在於世界中。……在破裂之處，原來理所當然的、語言所攀爬的關係和仰賴都消失，如此人才找到他的存有。」[26]透過邏輯的斷裂，突顯出進行著理解動作的意識，人因此找到了自己的存有，而這正是蕭蕭禪詩當中時常看到的手法。蕭蕭在〈晨露A〉中說：「一滴晨露三萬六千面，面面攝入太陽／面面亮著太陽的光閃／太陽攝走三萬六千顆晨露／依然缺乏晨露獨具之潤澤／／我給你鏡子／你還給我白色髮絲」[27]在詩的前半段，清晨大地上萬滴晨露映照陽光閃爍之美，光雖來自太陽，但卻因剎那即逝而惹人愛惜。但詩的後半部卻跳脫陽光晨露之喻，直指鏡子與髮絲。讀者意識至此也隨之中斷，不解詩的上下段之間有何關聯。

25 蕭蕭《凝神》（台北：文史哲，二〇〇〇），頁五十二。
26 余德慧《詮釋現象心理學》（臺北：心靈工坊，二〇〇一），頁四十五、四十六。
27 蕭蕭《凝神》（台北：文史哲，二〇〇〇），頁七十。

但是進一步思考就會體會陽光是時間，晨露原來是有如渺小個人，在時間流逝下，一切萬物無所逃於摧折消失命運。此處雖然有跳躍，但二者仍有相關性可供聯想。但是蕭蕭〈晨露B〉更進一步說：「也或許／當太陽正要晞乾這一滴露珠／的那一剎那／／南非，一頭獅子／不無可能／竄過黑暗森林／的那一頭」[28]這裏的獅子與晨露的關係，已非邏輯思考所能理解，但是在這種斷裂中，迫使讀者陷入語意的空白處，意識無所攀依，就像蕭蕭提出了一個問題問讀者，此處的獅子與晨露究竟何關？讀者必須跨越字面上獅子與晨露的無關，退出文本外，思考蕭蕭提問的意義。而部分讀者則在其間發覺「經驗自我」當中發覺到「超越自我」的存在，並從中得到樂趣。有別於其他詩人詩作給讀者優美情境、語音所組合產生的韻律節奏，蕭蕭禪詩則是直接了當提出沒有答題的問題來問讀者，讓讀者瞭解，重點不在字面上的答案，而在發現自己。

---

[28] 蕭蕭《凝神》（台北：文史哲，二〇〇〇），頁七十一。

（二）認識：打破既定認知，跨越物我界線

除了聯想中斷的寫法，蕭蕭也時常運用跨越物我界線的筆法，使詩產生禪意。現象學指出，我們應該擱置現實世界真實存在，物我二分的原初看法，重新以意識所意向的時空事物等感官經驗與概念，來認識自我與世界的關係。而無論是主觀意識或是客觀世界，都無所逃於時間遷流中，隨之變動不已，也因此曾議漢以：「透過自性使空性在世間現象中感性的頓現」[29]作為闡述禪宗美學的基本論點，曾議漢進一步闡釋：「禪所喚醒出全新的心理意識便是『悟』，『悟』的開顯必須透過『自性』的朗現與親身經歷體驗，『悟』的目的不在發現新的事物，而是經過心理意識的轉化，重新睜開雙眼看待世界。」[30]如此一來，我們所認識的客觀世界，一草一木莫不經過感官而存在於意識認知中，而我的主觀意識自然也不能去除客觀世界以外獨立存在。從此物我並非截然二分，通過這種認知的轉向，發覺物與我之間

---

29 曾議漢《禪宗美學研究》（台北：花木蘭，二〇〇九），頁十二。

30 曾議漢《禪宗美學研究》（台北：花木蘭，二〇〇九），頁十三。

的新關係，這正是蕭蕭禪詩的另一面向。此處還可以分成兩點討論。

1. 靜觀物我

西方現象學美學理論家喬治・布萊曾經分析讀者意識解讀作品的三種層次，最後的層次已近乎於禪：「它在那裏不再反映什麼，只滿足於存在，總是在作品之中，卻又在作品之上。這時，人們關於它所能說的，就是那裏有意識。在這個層面上，沒有客體能夠表現它，沒有結構能夠確定它，它在其不可言喻的、根本的不可決定性之中呈露自己。」[31]有別於西方分解式的論述方式討論文學，喬治・布萊所指出的閱讀的第三個層次事實上已近乎中國禪詩中靜觀物我的禪趣。在這樣的層面裏，讀者作者彼此神會，意在言外，一切美感盡在不言中。

蕭蕭有首耐人尋味的小詩，〈白色的嘆息〉：「飽蘸墨汁的毛筆／一揮／／留下滿紙白色的嘆息」[32]我人拿著毛筆書寫，我們會

31 喬治布萊・郭宏安譯《閱讀意識》（廣西：廣西師範大學出版社，二〇〇二），頁二五六。

32 蕭蕭《後更年期的白色憂傷》（台北：唐山，二〇〇七），頁五十二。

注意到執筆人與紙上的字，但是蕭蕭獨跳脫在物我之外，點出紙的存在。這種無物無我的嘎然而止，一如前言，讓讀者跳脫物我的認識之外，以靜觀的態度看待自心以及萬物。蕭蕭在〈飲之太和第三首〉中說：「我以驚喜望花／花以寧謐看我／我以寧謐看花／花以寧謐看我／花以寧謐看我／／花，默默萎落」[33]看花人由最初的欣喜轉而平靜，花始終寧謐，但花終究會凋謝，其實人何嘗不是，在物我之外，點出世間的真理。對大自然的靜觀當中，有著是自我意識的發掘，讀詩也體會意識與世界相接當中的奧妙。因此古典禪詩多以自然景物無我呈現為表現手法。

曾議漢說：「禪宗把『心』的功能當作一種純粹直觀，而把透過純粹直觀所發現的純粹現象稱之為『境』。」[34]恬淡閑逸的生命情趣則垂成為古典禪詩顯著的文類特徵。研究司空圖的蕭蕭浸淫於此中，當然也受到影響，蕭蕭早年的詩風，多半呈現短句，甚至一字一行構篇，詩中充滿空寂之感。例如這首〈轉彎後的山〉：「曾經一宿而無

33　蕭蕭《悲涼》（台北：爾雅，一九八二），頁九十六。
34　曾議漢《禪宗美學研究》（台北：花木蘭，二〇〇九），頁九十七。

話／／草長／鷺飛／雲自是悠閒／飄／過／／路。乃斷／一個急煞車／只有絲瓜花靜靜垂在屋後」[35]採取節奏如此緩慢的形式，詩中給予讀者的信息量卻很少，導致讀者體會單一訊息的時間拉長，最後的急煞車，不只是詩中情境，同時也是讀者意識的急煞車，跳脫緩慢行進的景色，最後聚焦絲瓜花的畫面，也交由讀者去參透。蕭麗華詮釋王維〈辛夷塢〉時提到：「每一朵花的剎那生滅，也正是禪者心念的生滅，唯有靜寂的境界才能洞徹這股紛籍的生機，也惟有靜寂的境界才能不著生滅，自然流動」[36]這是古典禪詩的典型體現。而化入現代生活語境的現代禪詩，繁忙的日常生活中，突然被打斷的的片刻，才有與絲瓜花對望的靜觀。

這種風格在蕭蕭禪詩中十分常見，例如蕭蕭在〈看水開花〉中也說：「水自在地流，流得長久／花自在地開，開得豐盈潔白／流，流向哪裏？／開，開成什麼顏色？／一個過客，問也不問，看水開

35 蕭蕭《悲涼》（台北：爾雅，一九八二），頁六。
36 蕭麗華《唐代詩歌與禪學》（臺北：東大圖書，一九九七），頁九十六。

花」[37]提問水流何去，花開何色，這都是分析式問題，以概念攪亂了意識，蕭蕭告訴我們無須多問，只需靜觀。鈴木大拙說靜觀物我當中的禪意：「寒枝上的烏鴉，迎風的葡萄樹上的啼鳥，被積雪壓彎的竹子，永遠在變而又永遠一樣的瀑布和河流，不斷衝擊岸邊的波浪——所有這些都是生命詩篇的一部份，都是那永恆的『如如』，如果一個人最後希望能有所『見』的話，就要真正注視這永恆的『如如』。」[38]人如果放下利用、征服等等觀念，專注欣賞眼前的景色，其中便有解脫世間煩惱的真理藏於其中。

2. 物我交融

蕭蕭曾經如此描寫彰化：「把我埋進你溫潤的第二層肌膚，深深地／閉目，調息／芒果樹下和暖的東風安慰著背脊／我化為一片血水」[39]回到彰化故鄉，在芒果樹下享受暖風輕撫，這是現實客觀的描

37 蕭蕭《皈依風皈依松》（台北：文史哲，二〇〇〇），頁六十一。

38 鈴木大拙著・劉大悲譯《禪與藝術》（台北：天華出版，一九七九），頁一〇〇。

39 蕭蕭〈故鄉〉《悲涼》（台北：爾雅，一九八二），頁三十一。

述，但是在詩的世界中，蕭蕭回到故鄉，站在故土上感覺卻像被埋進肌膚中，化去了物質形體，只有純粹的意識消融在溫暖的感受中，血水在肌膚之中，不顯淒厲，反而是融合為一不能分離。蕭蕭在詩中重新調整故鄉與詩人的物我關係，我們讀來不覺得突兀，反而親切。

現象學者蔡錚雲說明透過現象學還原之後，改變了我們看待世界的眼光：「事物本身倒沒有什麼變化，可是意義卻截然不同。前者參雜了許多我們不自覺或自以為是的看法，讓被看的事物自身遮蔽在種種的說明方式之中，後者則在我們腦海一片空白之際，由被看的東西自行地彰顯出來。」[40]物與人，人與人之間原本都有著緊密連結的關係，只是被我們自以為是的概念所隔絕。經常被學者舉例討論的〈緣無緣〉，正是指出這點：「一隻螞蟻一直／輕輕叩著糖罐：／／喂，喂／不讓我進去／你是醒不了的夢啊！」[41]糖是客體，螞蟻是主體，糖雖然是不能知覺言談，但是在螞蟻心中，糖是無可比擬的美夢，如

[40] 蔡錚雲〈導讀：回到事物本身〉收錄於羅伯．索科羅斯基著、李維倫譯《現象學十四講》（台北：心靈工坊，二〇〇四），頁十一。

[41] 蕭蕭《緣無緣》（台北：爾雅，一九九六），頁六十八。

果無法吃到糖，那麼螞蟻的夢也不會醒。反之，作為物質的糖，如果沒有螞蟻的品嘗，其存在也就毫無意義。所以螞蟻扣問質疑的不是真的糖，而是自己對糖的執著以及糖的存在意義，這裏說穿了我們對世間所有渴望的寫照。

蕭蕭也透過茶說自己的心事：「一切都淡了／我還是沉下去又浮上來／浮上來找尋你的臉／在淚水酸澀中／唯知出神　凝視／／凝視你，身在茶杯外的風暴裏／擔著甚麼樣的淒楚／萎成甚麼樣的蠶茶／仍然憂心杯內的我，與苦與澀」[42]茶葉在水中浮沉，內含酸楚，而茶杯外的人何嘗不也是在人世浮沉，淒楚無人得知。茶是茶，人是人，在詩中卻能交換心事，事實上這種現實世界中不可能出現的物我交融，是發生在讀者的意識中，接受美學的提倡者伊瑟爾說明：

虛構文本中的空白是一種範型結構；其作用是激發讀者進行結構化的行為，這一行為則使文本中各個文場的相互作用轉化為

[42] 蕭蕭《雲水依依：蕭蕭茶詩集》（台北：釀出版，二〇一二），頁十七。

意識。空白的位移導致一系列相互衝突的意象，它們在閱讀的時間流動中互相制約捨棄的意象在後繼的意象上打下印記，儘管後者在補充前者的缺陷。這一點看，各個意象在按順序攀在一起，而正是通過這一順序，文本的意義才在讀者的想像中活起來。[43]

看似矛盾衝突的物我交融體會，首先發生在創作者的意識中，意識轉化為文字就離開了作者自身體會，但是詩人可以刻意建構詩文本中的空白，交由讀者拾起一個個意象，組合成讀者意識當中專屬於讀者的物我交融的感動。

而人與世界中間彼此交融的美好境界，雖然不是人人能做到，但是多數的人是嚮往的，余德慧：「藝術是在生活裏向人顯示出一個鮮活的世界，這鮮活性（freshness）並非來自於觀看者挖掘到藝術背後

43 〈文本與讀者的相互作用〉，沃爾夫岡．伊澤爾（Wolfgang Iser）著，《接受理論》，張廷琛編譯（成都：四川文藝出版社，一九八九），頁六十。

存在的東西，而是他自身的生活的存有感所交涉出來的。」[44]例如這首〈老僧〉，蕭蕭以老僧口吻說著：「雲來，住在我茅房裏／她說，她不走了／不走，就留下嘛／她說，她想住進我心房裏／要住，就進來嘛／她說，她要走了／要走，就請便嘛／我只不過是另一種類型，的雲而已」[45]雲來了，雲住下，雲走了，為何老僧能夠情緒安然不為所動，因為老僧知道，自己也是一種雲，既然物我本來沒有差別，又何嘗有來去之分。

（三）世界：放下既定價值判斷，直觀事物

吳汝鈞曾說：「現象學還原表示一個完整的認識歷程，要人從對外物的常識的、自然的認識進而認識它們的根源在意識的意向性，最後一歸於超越的意識或超越的自我。」[46]也就是體悟到世界是透過自己的意識去感受的，改變意識的本質，也就改變了世界呈現的方式。

44 余德慧《詮釋現象心理學》（台北：心靈工坊，二〇〇一），頁一五二。
45 蕭蕭《毫末天地》（台北：漢光文化，一九八九），頁七十九。
46 吳汝鈞《胡塞爾現象學解析》（台北：台灣商務印書館，二〇〇一），頁四十三。

但是這種認識的進程並非止步於此，而應該是更進一步回歸到現實的生活世界中，吳汝鈞說：「禪的遊戲，必須以三昧為基礎，否則意志不易把持得住，易流於蕩漾；三昧亦必須發為遊戲，否則，在三昧中所積聚的功德，便無從表現出來，發揮其作用。遊戲是動的，三昧則偏於靜的兩者結合，而成遊戲三昧，即是動靜一如的狀態。」[47]這也是著名的「看山是山、看山不是山、看山又是山」的三種境界說[48]，只是此時雖然同樣在世界中生活，卻少了過去層層虛妄概念的纏縛，能以更活潑自在的角度看待。

蕭蕭在〈放下的幸福〉中說：「放下了兩擔高麗菜的重量／放下了不知如何批示的紅色卷宗／放下了長長的叮嚀　短短的唏噓／放下

---

47 吳汝鈞《遊戲三昧：禪的實踐與終極關懷》（台北：台灣學生書局，一九九三），頁一六四。

48 典故出自宋代青原惟信禪師。「吉州青原惟信禪師，上堂：『老僧三十年前未參禪時，見山是山，見水是水，及至後來，親見知識，有箇入處，見山不是山，見水不是水，而今得箇休歇處，依前見山祇是山，見水祇是水。大眾，這三般見解，是同是別？有人緇素得出，許汝親見老僧。』」釋普濟《五燈會元》卷十七（台北：文津，一九九一・四），頁一一三五。

了一直放不下的你／我在茶裏放下了自己」[49]在持飲一杯茶的過程中，漸漸放下平時擔心的事物，由世俗計算到精神掛念，到最後放下了一直放不下的你，事實上，當所有放不下的譽名聲位，情愛牽掛都放下了，煩惱當中，所建築起的「自己」也就跟著放下了，只剩當下品味一口茶的滋味。一如《五燈會元》中記載趙州茶的公案：「師問新到：『曾到此間否？』曰：『曾到。』師曰：『吃茶去。』又問僧，僧曰：『不曾到。』師曰：『吃茶去。』後院主問曰：『為甚麼曾到也云吃茶去，不曾到也云吃茶去？』師召院主，主應諾，師曰：『吃茶去。』」[50]掛記佛法，掛記人生來來去去，都是忘卻自心自尋煩惱。因此趙州禪師要學僧好好體會一杯茶的滋味，不是執著在茶的滋味中，而是像蕭蕭詩中所表述，是讓心事一一放下，一如茶葉在茶湯中。

蕭蕭也在〈逍遙〉一詩中陳述這種當下即是的心境，：「能飛，所以是鳥／倏忽出沒於水之中，所以是／水鳥／／把頭埋入水裏／水

49　蕭蕭《雲水依依：蕭蕭茶詩集》（台北：釀出版，二〇一二），頁一一四。

50　釋普濟《五燈會元》卷四（台北：文津，一九九一・四），頁二〇四。

波一層一層蕩向天際／倏忽，把頭伸出／水仍然那樣浩浩淼淼／／此之謂逍遙」[51]看似最基本根本的描述，指認水鳥的動作，而靜觀湖光鳥飛的心境，蕭蕭點出這其實就是逍遙。上述討論過的詩作〈鏡子（A）〉是離開習慣的世界，因單獨面對自心感到驚惶。到了〈鏡子（B）〉則呈現出不被價值判斷束縛的自在：「照看外面空無一物／無晴，無雨／無男，無女／無聲，無色／無情，無義／鏡子坦開胸腹手腳，睡了一個大覺」[52]不被名利情愛束縛的當下，正是人真正能舒心放心的片刻。不被道德束縛，不是指沒有禁忌，為所欲為，而是知道物質世界與各種概念理念，並不比意識到自己意識的行動來得更重要，如果時時關照自己的意念，自然沒空管外在的貪念欲求，無惡自然無須有善。

蕭蕭有一首令人感動的小詩〈日頭雨〉，詩曰：「淚水一濕右眼／立即擦乾／／沒有人知道五十八歲的人也會想念爸爸」[53]日頭

51 蕭蕭《悲涼》（台北：爾雅，一九八二），頁七十二。
52 蕭蕭《凝神》（台北：文史哲，二〇〇〇），頁五十三。
53 蕭蕭《後更年期的白色憂傷》（台北：唐山，二〇〇七），頁四十七。

雨讓詩人聯想起當年農忙的父親，哭是不造作，直接的反應。從景美女中退休，捨不得學生們的心情，也直接表露：「女孩！落花化作春泥／浪濤永遠眷戀著灣岸／不論海角天涯／記得：／帶一片陽光去，帶一片陽光回來」[54]我們可以看到蕭蕭的禪詩多半自生活經驗信手拈來，點綴禪機。

余德慧說：「藝術品之為藝術品就在於它展現了一個鮮活的世界，破除了原本被視為理所當然的東西。藝術的鮮活性永遠是給了否定（negativity），不僅如此，它還是缺乏的（lacking）和不知的（unknown）。」[55]正是從這樣的體悟出發，蕭蕭並不拘泥於特別以佛教語言入詩，或者反而重新詮釋佛教語言。蕭蕭在《緣無緣》中先以禪師們對修養意識的進程「十牛圖」作了正面呼應的詩作表述。日後討論蕭蕭佛教詩、禪詩多半會提到這首〈十牛圖〉。但更值得思考的是，蕭蕭接著又以愛情為主題重新演繹「十牛圖」。在〈見牛第三〉：「我真的寫了一首情詩／瀰漫花香／鋪陳遠天的光影與醺醉／

54 蕭蕭《皈依風皈依松》（台北：文史哲，二〇〇〇），頁六十一。
55 余德慧《詮釋現象心理學》（台北：心靈工坊，二〇〇一），頁一五三。

可是，一見到你／我卻只是一逕微微笑著／忘了演練多次／所有的聲律、字彙　　腳邊的玫瑰」[56]極言見到愛人的狂喜，到了〈入廛垂手第十〉，原本是指修養有成的高人回到人間垂手接引眾生，蕭蕭卻翻轉以夫妻攜手終老作結：「牽起你我的手／走入市廛紅塵／在污泥中蠕動／與蚊蚋共舞／日月或許會遠在天邊，天的另一邊／我們卻有自己的體溫／相互溫存」[57]看似耽溺紅塵夫妻情愛當中，不符合佛教義理，但其實這表示蕭蕭更清醒地覺察存在於自己生命中的諸種情感。

延伸上述討論，我們可以更進一步討論過去蕭蕭詩作中較少被論者注意的主題，也就是性愛詩。性愛是生命經驗的一部份，如果我們擱置世俗道德觀念對性的價值判斷，正視我們的意識深處，就無法避免直視此一議題，蕭蕭在〈對視〉中說：「筆直走進你梨色的簾門／種下一排百合／你在最裏最裏處，呼喚水／呼喚火／／急切呼

[56] 蕭蕭《緣無緣》（台北：爾雅，一九九六），頁一一七、一一八。

[57] 蕭蕭《緣無緣》（台北：爾雅，一九九六），頁一六六。

喚我」[58]這首直接的性愛詩，能不扭捏世俗看法，勇於面對直說。在〈心即心〉一詩中，詩題彷彿禪宗以心印心的語法，而詩的內容卻是寫著兩人之間親密舉動：「——這時候／就在我的膝蓋深處／你的骨／這裏呼／那裏應／我的髓／這時候／就在你的飄飛行程／我的山／這裏覆／那裏沒／你的谷／這時候啊！」[59]看似離經叛道的創作嘗試，其實是真誠面對自己內心，用力挖掘而不逃避關於生命的本來面目。禪宗教人認識自己，學禪卻執著名相，在乎身份地位的避諱身體接觸，豈非遠離了真理。《指月錄》中有婆子燒庵的公案：「昔有婆子，供養一庵主，經二十年。常令一二八女子，送飯給侍。一日，令女子抱定曰：『正恁麼時，如何？』主曰：『枯木倚寒巖，三冬無煖氣。』女子舉似婆，婆曰：『我二十年，只供養得個俗漢！』遂遣出，燒卻庵。」[60]二八女子抱定是很幽微難辨的考驗，當下如何回答正體現修行境界高低。我們或許不知道正確答案，但是將身體接觸說

58 蕭蕭《悲涼》（台北：爾雅，一九八二），頁三十四。
59 蕭蕭《緣無緣》（台北：爾雅，一九九六），頁八十一。
60 瞿汝稷《指月錄》卷七（宜蘭：如來出版社，一九九六・十），頁四一二。

得毫無生氣，就未免矯情造作、有意避諱，肯定是錯誤答案。[61]反觀蕭蕭的性愛詩打破常規，看似與蕭蕭其他禪機濃厚的正統作品大相逕庭，或許帶給讀者不和諧的感受。但這其實正是蕭蕭不罣礙於染靜分別，以詩體現生活世界的真實體現。這是蕭蕭禪詩中最難分別也最值得深思的部份。

四、結語

蕭蕭在〈起音：雲〉中說：「蔚藍是永遠的底蘊／你長辭了／雪是本然／你將她放在心底鋪陳萬里長白／濾除了五百年的愛怨憎嗔／縱落凡塵／從此是真水無色，不顯觀音法相」[62]清高的雲，白是從鋪陳大地萬里的雪借來的顏色，經過五百年來的修行濾除各種情緒紛擾

61 或可參見趙州和尚公案：「尼問：『如何是密密意。』師以手掐之。尼曰：『和尚猶有這箇在。』師曰：『卻是你有這箇在。』」能以手掐之的身體距離，表示尼師不自覺地靠近了趙州和尚，反是和尚看穿了尼師心中的一絲愛執，故反而調皮地偷掐一下，利用這點來點破提醒。心中已無愛的執著，也就不會拘泥無傷大雅的身體接觸。見釋普濟《五燈會元》卷四（台北：文津，一九九一．四），頁二〇一。

62 蕭蕭《雲水依依：蕭蕭茶詩集》（台北：釀出版，二〇一二），頁七十四。

之後，雲卻不再堅持清白的顏色清高的地位，反而化作水在人間行走，隨順地形或染上泥土也無妨。沒有了高低黑白的分別，才是真正的解脫。禪詩是作者透過文字的巧妙安排，以矛盾與比興使讀者在世界當中體察自己自心存在，當讀者的意識轉向自己，才能意會禪詩作者的用心，達成另一種形式的心領神會，這正是禪詩迷人之處。宗白華說：「禪是動中的極靜，也是靜中的極動，寂而常照，照而常寂，動靜不二，直探生命的本源，禪是中國人接觸佛教大乘義後體認到自己心靈的深處而燦爛地發揮到哲學境界與藝術境界。」[63]這種關於生命根本的體悟於是成為中國藝術意境的表現。

而這樣的美感經驗並不偈限於古典詩，在現代禪詩裏，可以看到更活潑，跨度更大，更多元也更具挑戰的表現，在蕭蕭的禪詩中，我們正可以看到現代禪詩的各種不同面目，有中斷聯想，促使讀者發覺自身意識的寫法，有靜觀萬物自得的空寂境界，也有不避諱直陳愛欲的赤裸文字，更有隨順人間情感的真誠畫面。蕭蕭以禪詩的表現在詩

[63] 宗白華《藝境》（北京：北京大學出版社，一九八七），頁一五六。

壇樹立傲人成就，面向之豐富，大大拓展了現代禪詩的各種可能性，還值得後學者進一步繼續探索。

本文原載《當代詩學》第十期

陳政彥：嘉義大學中文系副教授

吹鼓吹詩人叢書系列

NO	條碼	書名	作者	定價	出版日期	出版品牌
1	9789862213445	血比蜜甜	黃羊川	210	2009/12	秀威出版
2	9789862213452	回聲之書	負離子	200	2009/12	秀威出版
3	9789862213575	水手日誌	陳牧宏	220	2009/12	秀威出版
4	9789862215166	抖音石	冰夕	210	2010/06	秀威出版
5	9789862215074	解散練習	然靈	160	2010/06	秀威出版
6	9789862215067	中間狀態	葉子鳥	220	2010/06	秀威出版
7	9789862216859	在你的上游	阿鈍	230	2010/12	秀威出版
8	9789862216866	不能停止的浪漫	劉金雄	280	2010/12	秀威出版
9	9789862216873	德尉日記	莊仁傑	200	2010/12	秀威出版
10	9789862217801	要歌要舞要學狼	阿米	290	2011/06	秀威出版
11	9789862217863	戲擬詩	孟樊	210	2011/07	秀威出版
12	9789862217870	某事從未被提及	劉哲廷	240	2011/08	秀威出版
13	9789862218365	要不我不要	喵球	260	2011/12	秀威出版
14	9789862218617	寫給珊的眼睛	余小光	200	2011/12	秀威出版
15	9789862218761	詩藥方	蘇善	200	2011/12	秀威出版
16	9789865976101	自體感官	櫺曦	220	2012/05	釀出版
17	9789865976279	屬於遺忘	古塵	250	2012/07	釀出版
18	9789865976453	問路　用一首詩	王羅蜜多	230	2012/07	釀出版
19	9789865976941	中文課——肖水詩集	肖水	250	2012/12	釀出版
20	9789868985230	向一根半透明的電線桿祈雪——蘇家立詩集	蘇家立	300	2013/09	要有光
21	9789868985261	神棍——范家駿詩集	范家駿	330	2013/09	要有光
22	9789869006224	詩響起——蘇善詩集	蘇善	250	2013/12	獨立作家
23	9789863262640	漂流的透明書——靈歌詩集	靈歌	360	2014/06	秀威出版
24	9789863262947	颱風意識流——王羅蜜多新聞詩集	王羅蜜多	250	2014/11	秀威出版
25	9789863263074	忑忐列車——黃里詩集	黃正中	300	2014/12	秀威出版

閱讀大詩32　PG1294

月白風清
——蕭蕭禪詩選

作　　者	蕭　蕭
責任編輯	黃姣潔
圖文排版	楊家齊
封面設計	楊廣榕

出版策劃	釀出版
製作發行	秀威資訊科技股份有限公司 114 台北市內湖區瑞光路76巷65號1樓 電話：+886-2-2796-3638　傳真：+886-2-2796-1377 服務信箱：service@showwe.com.tw http://www.showwe.com.tw
郵政劃撥	19563868　戶名：秀威資訊科技股份有限公司
展售門市	國家書店【松江門市】 104 台北市中山區松江路209號1樓 電話：+886-2-2518-0207　傳真：+886-2-2518-0778
網路訂購	秀威網路書店：http://www.bodbooks.com.tw 國家網路書店：http://www.govbooks.com.tw
法律顧問	毛國樑　律師
總 經 銷	聯合發行股份有限公司 231新北市新店區寶橋路235巷6弄6號4F 電話：+886-2-2917-8022　傳真：+886-2-2915-6275

出版日期	2015年3月　BOD一版
定　　價	260元

國家圖書館出版品預行編目

月白風清：蕭蕭禪詩選 / 蕭蕭著. -- 一版. -- 臺北市：
釀出版, 2015.03
面； 公分
BOD版
ISBN 978-986-5696-91-7 (平裝)

851.486 104003340

讀者回函卡

感謝您購買本書，為提升服務品質，請填妥以下資料，將讀者回函卡直接寄回或傳真本公司，收到您的寶貴意見後，我們會收藏記錄及檢討，謝謝！

如您需要了解本公司最新出版書目、購書優惠或企劃活動，歡迎您上網查詢或下載相關資料：http:// www.showwe.com.tw

您購買的書名：＿＿＿＿＿＿＿＿＿＿＿＿＿＿＿＿＿＿＿＿＿＿

出生日期：＿＿＿＿年＿＿＿＿月＿＿＿＿日

學歷：□高中（含）以下　□大專　□研究所（含）以上

職業：□製造業　□金融業　□資訊業　□軍警　□傳播業　□自由業

□服務業　□公務員　□教職　□學生　□家管　□其它＿＿＿

購書地點：□網路書店　□實體書店　□書展　□郵購　□贈閱　□其他

您從何得知本書的消息？

□網路書店　□實體書店　□網路搜尋　□電子報　□書訊　□雜誌

□傳播媒體　□親友推薦　□網站推薦　□部落格　□其他＿＿＿＿＿

您對本書的評價：（請填代號　1.非常滿意　2.滿意　3.尚可　4.再改進）

封面設計＿＿　版面編排＿＿　內容＿＿　文／譯筆＿＿　價格＿＿

讀完書後您覺得：

□很有收穫　□有收穫　□收穫不多　□沒收穫

對我們的建議：＿＿＿＿＿＿＿＿＿＿＿＿＿＿＿＿＿＿＿＿＿＿

請貼
郵票

11466
台北市内湖區瑞光路 76 巷 65 號 1 樓
秀威資訊科技股份有限公司 收
BOD 數位出版事業部

（請沿線對折寄回，謝謝！）

姓　名：＿＿＿＿＿＿＿＿　年齡：＿＿＿＿　性別：□女　□男

郵遞區號：□□□□□

地　址：＿＿＿＿＿＿＿＿＿＿＿＿＿＿＿＿＿＿＿＿

聯絡電話：(日)＿＿＿＿＿＿＿＿(夜)＿＿＿＿＿＿＿＿

E-mail：＿＿＿＿＿＿＿＿＿＿＿＿＿＿＿＿＿＿＿＿